地を潤すもの

Ayako Sono

曽野綾子

P+D BOOKS
小学館

目次

8	7	6	5	4	3	2	1
152	132	112	91	71	49	28	5

15 14 13 12 11 10 9

306 283 262 241 220 198 175

1

一

　夜、七時少し過ぎに新宿についた汽車（今の若い人々は正確に、「電車」というのかも知れないが）から下りて、私（水島譲《みずしまじょう》）は八時少し前に、奥沢の自宅に帰った。土産は笹子餅である。妻と二人、餅は今日中に食べなければ硬くなるものだから、量が多すぎると困ると思ったが、幸いにも、昨秋以来の物価高で、包みの内容が少なくなったような気がして、むしろほっとしたのである。

「雪は如何《いかが》でした？」

　と妻が聞いた。

「大したことはない。今年は、例年よりは今までのところ、むしろ少ないくらいだそうだ」

　六十五歳と六十歳の夫婦ともなると、会話はどうしても短くなる。だんだん喋らなくても、相手がわかっているような気がするのも変なものであった。妻のほうも、「笹子餅」の包みを見ただけで、お茶を沸かしに立った。眠る前に食べるのはよくないという説もあるが、私はもう何年も、ほんの一口甘いものを食べて寝る習慣である。若い時は酒を飲んだ。それが次第に量は減り、胃潰瘍をやったのをきっかけに、酒量を少しずつ減らして甘いものを食べる習慣ができた。もっともこれらは、いずれも精神を宥《なだ》めるため、という感じがする。

「ダムはいかがでした?」

妻は、茶を淹《い》れて来ると尋ねた。

「この寒いのに、皆で土運んでるんですか?」

女は社会を知らないから、致し方ないのかも知れないが、ダム工事というと、未だに人間がもっこを担いでいると思い込んでいる。

「雪が降っているから、今、外の土工事は、あまりやっておらんのだ」

私は言った。

「その代り、トンネルを見せて貰って来た」

「だってダムじゃなかったんですか」

「ダムにはトンネルがつきものなんだ。ダムを作っている間、川の水を他へ逃してやらなければならないからね」

「そういうもんでしょうかねえ」

私を、信州のダム現場へ連れて行ってくれたのは、或る大手の建設会社の役員をしている男である。私は昔、電鉄会社へ勤めていた頃から、彼をよく知っており、最近時々ゴルフ場で顔を合わせる。たまたま私が、本家の法事で、糸魚川へ行くことを聞き、自分がダムの視察に行く日がちょうど、その帰り頃に当っているので、近くで温泉に入り旁《かたがた》々、見て行かないかと誘ってくれたのであった。

「雪でもトンネルの仕事はできる訳ですね」

「ああ、全く関係ない」

「いかがでした？」

妻にそう言って促されなければ、私はダムを見た印象などを妻に語ろうとしなかったかも知れない。

「昔と違って、トンネルの断面が大きいからね。それと、人間が、これっぽっちでいいかと思うほど少ない。人間を多く使うと、金もかかるし、事故のもとになるからね。機械にだけ働かせて、人間を現場におかなきゃ、人身事故はなくてすむ訳だ。もちろん、これは理論だがね」

「ロボットが掘るようになりますかねえ」

妻は何も知らないから、トンチンカンなことを言う。

「おもしろいことを聞いて来たよ。今度のトンネルなんか山がよくて、くずれて来そうもないから、支保工《しほこう》の間に矢板《やいた》なんぞいれなくてもいい所が多いというんだ。矢板ってわかるか？」

「わかりません」

「ダイナマイトで岩をくずした後、支保工と呼ばれる柱を立てる。その隙間から小さな岩石の破片が落ちて来るといけないので、普通はその間に、昔風の木の林檎箱をバラしたような木っ切れを、挟み込む。それを矢板と言うんだ」

「それがいらないんですか」

「ああ、岩《がん》がいいから、殆どいらないと思われる所も多い。それでも、やってる」

「なぜですか？」

「働く人間の不安感をなくすためには、それだけの無駄をしたほうがいいんだそうだ。物の考え方が心理学的になって来てる」

「けっこうなことですねえ」

「まあ、そうだな。帰りに会社の運転手がこぼしてるんだ」

「何て？」

「今年は宿舎が寒くていけない。石油危機以来、会社が燃料を節約しているから、って言うんだ。それで、どれくらい寒いんだって聞いたら、去年までは、シャツ一《いち》で掛物なくても寝られたけど、今年は、ちゃんと毛布と布団くらいは掛けなきゃ、なんて言ってる」

「飯場はそれほど待遇いいんですか」

「そうらしいね。完全暖房で、自分の家へ帰ると、寒くっていけないんだそうだ。風呂だって、銭湯並みにはきれいだし。小さいとこは知らないけど、大手の労務者は恵まれるようになったよ」

「ああ、そうそう、あなたが、出られて間もなく、真野新平《まのしんぺい》さんから電話がありました」

「何だって⁉」

「何だか、とても困ってたようで、母が入院していて、入院したことをお知らせしろ、と言うから、お電話は申し上げるけれど、決して危険な状態だとか、そういう訳じゃないんだから、見舞に来て頂かなくてもいいし、お忘れ下さい、というんです」

「どこが悪いんだろう」

「それがよくわからないんです。血圧も不安定だし糖尿の気もあるから、と言うんですけどね。あの人、病気になるのが好きな人でしょう」

妻の声には、多少、悪意がこめられていないでもない。

「いや、気味が悪いな」

「何がです？」

「山の現場で、あの女《ひと》のことを考えていたんだ」

「へえ」

「先刻言った完全暖房の労務者宿舎を見せられた時だ」

設備がいいのは風呂ばかりではなかった。谷に入って仕事をしている建設会社の大手二社が共同で作ったという一般労務者用の食堂は、職員用のより立派で、調理室なども外科室を見るようである。自動皿洗機、米とぎ機まである。

「そこに一人、下の町から働きに来ている賄婦《まかないふ》がいたんだ。長靴はいて、白い割烹着かけて、髪に白い三角布かぶってきりきり働いてる。それが真野菜々枝《ななえ》にそっくりなんだ」

「そんな年の人が働いているんですか」

「いや、若かりし日の、さ。もっとも、その賄婦《ひと》に、《失礼だけど、あんた年幾つだ》って訊《き》いたら、《三十一歳だ》って言ってた」

「変に思われたでしょう」

「訳は言ったさ。知人にあまりにも似ている人がいるんで、と説明した」

「その賄婦さんは、どういう人なんです？」

「やっぱり、未亡人なんだそうだ。旦那さんは農家だったんだけど、心臓病で死んで、子供二人、婚家先へ預ける形で、自分一人働きに出て、仕送りしてるんだそうだ。なかなかきれいな女だった」

「菜々枝さんも、若い頃はきれいでした？」

「お前だって知ってるじゃないか」

「でも、三十代の初めは知りません。あの一家は九州かなんかにいたでしょう。私が初めて見た時は、もう四十歳くらいになってましたからね」

「まあ、似たようなもんだろう」

私は無責任な言い方をした。

「その賄婦さんはいい女だったね。私は菜々枝さんが団《だん》と結婚していれば、こんなだったか、とふと思ったんだ。化粧なんか何もしてないけどね。雪どけの水で洗ってるんで晒《さら》されて白くなったような顔の色をしてた」

団というのは、私より九歳年下の、たった一人の弟であった。彼が死ななければ、菜々枝は恐らく団と結婚していただろう、と思えたのであった。

「私が菜々枝のことを言って、《あなたがその女の若い時に瓜二つなんだ》と言ったら、彼女は、《その弟さんと結婚する筈だった女の方はその後どうなさいました》と訊くんだ。《いや、彼女は別の、地方の大きな材木商の息子と結婚して、その夫にもやはり先立たれたけど、息子が一人いる》と言ってやったら、《でもその方は、経済的に困っていらっしゃらないでしょう》と言うから、《山を少し持っているらしいから、食うだけは何とかやれるように、本家が考えてくれてるらしい》と言ったら、《そこが違います》と言うんだ。その賄婦の人は、休みの日に山を下りて婚家先へ帰ると、子供が母ちゃん……と言って両側から飛びつくんだそうだから、菜々枝より、ずっとしあわせかもしれないと私は思ったんだがね」

「菜々枝さんには、そんなに慕われるところはありませんよね」

妻は、いささか突き放したような言い方をした。

二

見舞に行く閑がないというほど時間に追い廻されている訳でもないので、私は、三日ほど後に、山で買って来た山菜の壜詰を土産に、病院に見舞に出かけた。私は今、昔いた電鉄会社と関係のあるトラック会社の顧問をしているが、いわば閑職にあるのである。

病院の受附まで来て、「しまった」と思った。真野菜々枝は何科に入院しているのか聞いて来なかったのである。血圧が高いとか糖尿があるとか言うのなら、内科だろうと思うが、内科にはそんな入院患者名はないと言う。

「神経科なら、そういう人がいますがねえ」

受附の男が眼鏡の奥から言う。

「多分それでしょうな。そうざらにある名前じゃありませんから」

私は驚いたような、驚かないような曖昧な気分だった。急患で運び込まれたので、まともな空部屋がなく、神経科にとりあえず入れられた、ということがあるのだろうか。

神経科は一階の一番奥だということであった。廊下に冬の陽ざしが暖かい。私はふと、あの菜々枝によく似た賄婦が働いていた炊事場の軒に、一米《メートル》もありそうなつららが厳しく下っていたことを思い出した。この病院は廊下にも暖房がしてあり、独特の——まるで病菌が麹《こうじ》に変質でもしているような生温かい甘い臭気を持っている。

神経科の入口はごく普通の防火ドア風のものであったが、来訪者はインターホンで、内部と話をするようになっていた。私が来意を告げると、ドアはすぐ内側から、看護婦の手によって開けられた。

狂人の咆哮《ほうこう》もなければ静かなものである。菜々枝は一番奥の一人部屋にいる、と教えられた。

「面会しても、よろしいんでしょうか」

私は躊躇《ためら》った。

「よろしいですよ、どうぞ」

何が悪いかわからない、という調子の若い看護婦の表情である。途中でレクリエーション・ルームらしいものの前を通りかかった。カラー・テレビがあって、若い娘や老人の患者がおもしろそうに見ている。

ドアをノックすると、肌全体に粉をふいたように見える菜々枝の顔が、枕の上にあった。

「どうしました」

私は尋ねる。

「びっくりなさったでしょう。格子戸の中で……」

「流行歌にありましたよ。格子戸をくぐり抜け……というのが」

気がついてみると、やっと窓の外に、鉄の格子がとりつけられていたが、ここは一階だから、神経科でなくても、これくらいの防護はしてあるかも知れない。

「いったいどこが悪いんです。神経科に入れられるくらいなら、もう少しおかしくなきゃいかんでしょう」

私は小さな椅子に腰を下ろした。

「私ね、自殺未遂をしましたの」

明るい声であった。

「何でまた……」

「私が悪いんですのよ。それはよくわかってます」

五十半ばの女が、少女趣味のネグリジェを着ている。

「新平が、一週間ほど前に、結婚を考えているかも知れない、という女の子のことを、口にしたんですよ」

「新平君は今、二十……」

「二十五歳ですよ、もう」

「それじゃ、女友達がいないほうがおかしい」

「そうよ、それはわかってますのよ」

何が自殺の原因なのか、まだ私には見当がつきかねた。

「新平にいくらガール・フレンドがいたって、私、平気でしたのよ」

「それじゃ、その中の一人が当然、結婚相手としてクローズ・アップされて来るでしょうな」

「ええ、それも、わかってるつもりでしたのよ。だけど、新平からうち明けられた日、足許の地面がくずれるようだったんです。私ね、一人になるんですもの。そうやって一人で生きることには耐えられない、と思ったんです。本当にね、新平が、私以外の女と心を許し合って生きるようになるなんて……そんな事態に直面するくらいなら、私、生きていたくなかったんです」

マシュマロじみた顔が、梅干しのようにきゅっと縮んだ。タコの体の一部を見るようで、私は恐れをなして凝視していた。

「なぜ、失敗したんですか」

菜々枝が嬉しそうに《私ね、自殺未遂をしましたの》と言った時の表情を思い泛《うか》べながら、私は尋ねた。普通ならいたわって訊けないことでも、その言葉に対応して構わないのなら、何とでも訊ける、という感じだった。

「さあ、わかりません。私はもう何年も睡眠薬を飲み続けてますから、薬も溜めてあって、かなり飲んだつもりなんですけど。いつも飲んでるから抵抗力があったのかも知れないって先生はおっしゃるのよ」

私は黙って、煙草に火をつけた。病人が煙草を喫《の》んでいるらしく、灰皿が枕許にあったからである。

「気がついた時、私が、《今度は失敗しましたけれど、この次は、絶対、まちがいなくやりますわ》って言ったらしいのね。それで、内科のほうで恐れをなして、こちらへ移し変えてしまったんですのよ」

「どう、恐れをなしたんです？」

「だって、内科は四階なの。それで、窓にとくに格子もないでしょう」

私は微《かす》かな吐き気を覚えた。私は女の、こういう甘え方に遭《あ》うと、やはり生理的に耐え難くなる人間の一人である。

「それで、今でもまだ、やる気なんですか?」

「はっきりとはわかりませんよ。今となっちゃ、薬を飲んだ時の気分だって醒めた時の気持だって、正確には言えませんもの。只ね、私、新平には、後から言ってやったんですよ。《ごめんね》って」

「そうですな、充分、謝られることですな」

「私ね、やり損って本当に悪かったと思ったんです。《今度、やる時は必ず、まちがいなくやるから許して頂戴ね。あたしがいたら、あんたは道をふさがれてしまうものね》って、私謝ったんです」

私は、二、三秒間、黙っていた。それから、

「ま、当分、ここで静養することですな」

と言った。

「ええ、私、ここ、わりと気に入ってますのよ」

菜々枝は、私の言葉を何ら正確に受けとることもなく、又もや、甘い陽気さを見せて言った。

「もっと、本当に気違いみたいな人ばかりかと思ったら、ちっともそうじゃないんですもの。本当は午前十時半から十一時半までと、午後二時から三時の間、箱をくみ立てる軽作業があるんですの。私、それに出たいと思ってるんですけど、まだ体力が恢復してないでしょう。脚が

ふらつくもんで休まして頂いてますけど、そんな所では、皆とっても楽しそうなんですよ」

「血圧と糖尿はどうなんです」

「ええ、それも、前々からですから。これでもケーキは頂かないようにしてますのよ。和菓子だけ、時々こっそり食べてしまうことあるんですけど」

「新平君は時々来ますか」

「会社がけっこう忙しいでしょ。それで昨夜はまいりませんでしたけど、今日は来るんじゃないかと思って待ってますの」

「あんまり、期待しないほうがいいんじゃないですか?」

私は余計なことだとは思ったが、思わずそう言った。

「今、どこの会社も、七時に社員を帰らせるとは思えませんからね。皆、十時、十一時なんだ。病院へ寄るために、早く帰ってくれるだろうなんて、若い者に期待しちゃ、酷だよ」

「ええ、ええ、わかってますのよ。ですから私は、そのためにも早く死んだほうがよろしいのよ」

私は何も言わなかった。それがいかに、ひと困らせな、愚かしい考え方かということをこの女にわからせることは、この際最も必要なことなのではあるが、私は冷たい人間であるのかも知れなかった。世の中には、一人の人間として救えることと救えないこととある。

三

私は、妻にも、菜々枝の状態をはっきりとは話さなかった。妻は前々から菜々枝が嫌いである。甘ったれで、胸が悪くなるような女だという。死んだ団さんが――つまり私の弟が――よくあんな性格の女を好きになりましたね、と言ったこともあった。

団が生きていた頃、菜々枝は――当時は、新海《しんかい》菜々枝といったのだが――決してあんなような女とは見えなかった。もちろん萌芽はあったのだろうが、それは私には見えていなかった。菜々枝は団より二つ年下で、女学校を出て稽古ごとをしていた。父の新海氏は銀行屋で、菜々枝はその一人娘だった。

あの頃の二十歳の菜々枝と、今の五十四歳の菜々枝と変わらないところは、みごとな富士額だけである。もう今の年では、そろそろ、女といえども、額の両脇が少しくらい抜け上ってもいい頃なのだが、菜々枝にはその気配もない。髪を黒く染めているので、本当に若々しく見える。時々、白髪染めを赤っぽく染めているひとがいるが、あれでは却って、染めていることがばれてしまうのである。菜々枝はそういうことに、ひどく勘がいい女である。

もう遠い昔のことになってしまったから、私も細かいことは忘れたのだが、弟の団はほぼまちがいなく、菜々枝と結婚するだろう、と皆が思っていた。私はその頃、既に三十を過ぎていたが、まだ女っ気はなかった。しかし、九つ違いの弟が家同士のつき合いの中から選んだ娘としてはいい趣味だ、と感じていた。

妻の節《せつ》は、「あなたは、菜々枝さんに気があったことはないの?」などと後年私に言ったが、それはいささか思い過しというものである。私と菜々枝とは十一歳違う。この年になっての十一歳と、当時の十一歳とは比較できない。三十を過ぎた私から見た二十歳の菜々枝は、成熟した魅力には欠けていた。私はいささか幼稚な匂いのする関係として、団と菜々枝の二人を見ていたものである。

しかし、それは団まで幼い人間だった、ということではない。団は賢い、考え深い、誠実な青年であった。団は昭和二十一年、シンガポールのチャンギー刑務所で刑死した時、二十八歳であった。私が彼を最後に見たのは昭和十六年の初夏の頃だが、その時彼は二十三歳であった。それから死ぬまでの五年間に、彼は飛躍的に、「人間を完成した」と思われる節がある、それが、誰にとって何のためになったかは、又別のこととしても……。

菜々枝も、私も、昭和十六年以後の団からは完全にとり残された筈である。もし団が無事に生きて帰って来たとしたら、彼は過去の思い出に対して忠実であるために、かつて彼が愛したと信じていた新海菜々枝と結婚したかも知れないが、そうなった場合、菜々枝が団の心を充分に受けとめ得たかどうかは疑問である。

いや、こういう言い方は正しくない。私はやはり、生きている人間を中心に考えるべきであろう。もし団が菜々枝についていてやっていたなら、菜々枝は、今のような女になっていはしなかったのではないかと思う。いや、これも私の思い過しかも知れぬ。「人間は教育次第でどのようにも変り得る」と言えると同時に、「人間は素質だけなのだ」という言い方もまたあり得るのだから。

私がこれらのことを、とめどなく考えながら、その夜、風呂に入り、テレビの連続ドラマを見始めていると、玄関のベルが鳴った。

真野新平が来たという。

私は湯ざめしそうだったので、寒い応接間を避けて、居間の炬燵《こたつ》のところに青年を通させた。

「今日はまた、母をお見舞頂きましたそうで、ありがとうございました」

新平は、敷居際に手をついて礼を言った。若いのに義理堅い。いや堅すぎる。私はこういう特異現象に出会うと、反射的に用心する性格である。

「まあ、こっちへ入りたまえ。私は風呂上りで、こんな寝間着姿で失礼してますが」

そう言って、炬燵に入らせた。

「母が、大変、呑気にいろいろと申し上げたそうですが」

新平はやっと言った。

「実は、私は、例の未遂の件だけは、どなたにもお話しないつもりでおりました」

「まあ、それが常識でしょうね」

「私はかまわないのですが、母が恥ずかしがるといけないと思ったのです。死に損ったということは……別に死んだほうがよかったという訳では決してないのですが……運よく生きられたのなら、まあ、当人は勿論、周囲も、それには触れないで、気がつかなかったふりをするほうが穏当だと思ったのです。それで、私は、わざと何で入院したかをはっきり申し上げませんでした。母が自分で答えを選んで説明すればいいと思ったんです。ですから、母がもし、こちらに《まちがって睡眠薬を二度飲みました》というような具合にとり繕って申し上げたのでしたら、もちろん救急車の人や、病院の関係者はご存じとしても、少なくとも母のためだけには、皆が騙《だま》されてやったほうがいいと思ったんです。しかし、母にはそういう気分がなくて、自分が自殺を試みたことを、楽しんで言いふらしているようなところがありますので、私としても、母の心境を、今回、初めて知ったような訳なんです」

「どれくらい、睡眠薬を飲んだんです?」

「私にはわかりません。もう二十年以上、飲んでいると言っていますし、その間、事故が起きたことはないので、薬局でも安心して売ってくれてたようです。とにかく、その日も、私は例によって仕事で遅く帰りました。母はいつも私が帰るまで決して寝《やす》みませんし、帰ると一しきり、今日はどこへ行った、誰と会った、どこで飲んだ、と訊くんですが、あの日に限りおかしかったんです。

早く寝てしまったというのではなく、なにか、僕が声をかけた限りでは、《らりって》いるような感じでした。遺書らしいものはありません。只、私の顔を見て、《新ちゃんは、いい子だねえ。母さんを置いてどこかへ行ったりはしないねえ》と言いました」

「なるほど」

「それで、これはおかしいと思いまして、近所のよくお世話になる医者に電話をかけました。すると、状態を話したもので、万が一のことがあるといけない、と思って、恐らく尻ごみされたんでしょう。救急車を呼んだほうがいいと言われました」

「それはそうでしょうな」

「私は、救急隊員の方に、もしかすると意図的なものではないかとお話ししました。事故かも知れないが、そうでないような気もしましたので。私は当然、病院へ着きましたら、胃洗浄くらいはやって頂かねばならないだろう、と覚悟していました」

「大変だったね、一人で」

「いや、私共には泥棒にとられて困るようなものもありませんので、玄関の戸も開けたまま出てしまいましたが、当直の先生は、胃洗浄の必要はないと言われたんです。懐中電燈の光を当てると、瞳孔に反応があるということでした」

「ということは、それほどたくさんは飲んでいないということだ」

「私にはわかりません。しかし、遂に来るべきものが来た、という感じはしました」

「前から、あんたに対する、そういう圧力のかけ方はあったのかね」

「それがどれほど異常なのか、それとも世間一般に、母一人子一人で暮す場合、この程度のものなのか、私にはわかりませんでした」

新平は決して詳しくは言わなかった。

「まだ、そのうちに死んであげるから、と言ってるかね」

「はあ、言っております。《それくらい、あなたのことを考えてあげてるのよ。母さんが死ねば、あなたは本当にお荷物なしに、自由な生活をできるのよ》と言っております」

「何ということだ」

「実は、今日は、そのことについてご相談に上りました」

「……………」

「いつか、もう一度必ず自殺すると言っている母を、私は家へ引きとれないのです」

「お袋さんは、病院もなかなかいいと言ってたよ。気に入っているなら、当分の間、置いといたらいいじゃないか」

「はあ、それでよろしいのですが。病院に入っているのは、担当の挾間《はざま》先生という方が好きになったからなんです」

「好きになったなんて、あんた……」

私は思わず絶句した。

「医者はまだ若い人でしょう」

「そうです。せいぜいでまだ、三十二、三歳ではないかと思われます」

「どうしようもない話だ」

「母は今までにも、周期的に入院しました。実際、血圧とか、いろいろな所に多少の異常はあるのですが、しかし本当はそうじゃない。入院して、自分のお気に入りの先生にかまってもらうのが目的なんです」

「いつから、そんなになったんだね」

「私が物心ついてから、ずっとそうです。一昨日、私は挾間先生にそのことをお話しました。するともうすでにおわかりになっていたようでした。前にはひどい医者もいたんです。母のそういう愚かさを利用してお金を貰って行ったり、背広を作らせたりしたのもいました。挾間先生は、そういう状態を見極めるのも神経科の一つの任務だから、気にするな、とおっしゃって下さったんですが」

「ずっと私も考えていましたよ。お母さんがいつからあんなに変ったかと思ってね。あんたのお父さんが亡くなって十五年だ。その間苦労がなかった訳じゃなかろうが、性格の変り方というか、呆《ぼ》け方がひどすぎる。まだそれほどの年じゃない」

「私は年ではなくて、あれは性格の問題だと思います」

「結論を早く出すわけではないけど、しかし或る程度まで来たら、あんたも諦めることだね。生きてるうちに子供に迷惑をかける親もあるなら、死んで迷惑をかける親もいるかも知れないよ」

私は思わず言った。

「しかし、私は、親が自殺しなければならないほど、迷惑をかけているとも思えませんが……」

新平は唇を噛んで俯《うつむ》いた。

「論外だよ。人間の心は論外だよ」

「私が外地勤務にでもなったら、断わるんだよ、とは常々言われていました。結婚もいけない、海外勤務もいけない。そうなったら私は死ぬからね。死んであなたを楽にして上げる、の一点張りです」

「案外、死なんかも知らんよ。今度のことだって、ちゃんと意識的に、飲む量を加減していたとしか思えないからね」

「そうでしょうか」

新平は、信じ難いという表情であった。しかし、それからさらに先のどぎつい終末を、今ここで推測するのは、私に対する迷惑になると思ったらしい。

間もなく新平は、「明朝が起きられませんから」と言って帰って行ったが、夕方から吹き出した風は、玄関の植込みの竹を鳴らして凍るように貫いて行った。

2

一

私は普段、寝つきのいいほうである。六十五歳の今日まで、人並みにさまざまなことがあった。が、夜、眠れないことなど殆どなかった。人間には、私のように先天的に、神経の表皮が肥厚しているような鈍重なのがいるのだろうか。私たちはこの世に生きて、この世をいやというほど見たような思いにはなっているが、本当のところ、同一の対象に対して、お互いにどれほど感じているのかいないのか、わからないまま生きているところがおもしろい。

私は、自分の鈍感さを少しも恥じてはいない。鈍感さの故に、人間は生きていられるのであるし、又、死ぬ時も恐怖が少ないということもある。鈍感さは多くの場合、美徳と言ってもいいほどの資質である。

私がこう言い切れるようになったのは、しかしそれなりの過去があったからである。

昭和二十年から二十一年にかけては、私にとって魔の年であった。一人息子の明《あきら》は当時小学校三年生で、日光に学童疎開に行っていた。食糧の不足は案じられたが、少なくとも、東京に置いておくよりは安全に思われたからである。それに、私には前から結核の既往症があり、明に伝染するのを恐れる意味もあって、私たち夫婦は息子を手放したのであった。

あれは二十年七月末のことであった。私は学童疎開のつきそいの先生から、明が突然、発病したので、すぐ来てくれるように、という知らせを受けた。私たち夫婦は細かい状態もわからぬままに、電報をもって駅にかけつけ、切符を売ってもらって汽車にとび乗った。

すると明は、もう日光病院に収容されており、一見穏やかに眠っているように見えた。

《どこが悪いのでしょうか》

私は聞いた。担任の女教師は、医者の傍で蒼い顔をしてすくんでいた。

《お気の毒ですが、お子さんは、犬に咬《か》まれたのです》

医者は言った。

《犬に咬まれたと言うと、狂犬ですか?》

《それは、わからないんですが、そうとしか思えません》

私はそれから、狂犬病は発病したが最後、どんな療法もないことを告げられたのだった。

《いつ犬に咬まれたのですか。先生、あなたはそれをご存じなかったんですか?》

教師は、明が、犬に引っかかれた、と言ったのを聞いていた。が、痛いとも手当てをしてくれとも言わなかったので、大したことはないのだろう、と思い、そのままにしておいた、と言った。咬まれたのか引っかかれたのか、見てみればわかることだ。それをしなかったのは女教師の怠慢であった。

私が怒りにふるえたのは、明が犬に咬まれたのは、三週間以上も前で、しかも咬まれた部位は足首の附近だということであった。幼児の中枢神経に近い所——たとえば首根っこ——などをやられると、いくらすぐ予防注射をしても、病毒がいち早く廻ってしまっていて間に合わないことがある。しかし、三週間もあれば、ワクチンは充分間に合ったのだ。この女教師は死なくてもいい子供、私たち夫婦のたった一人の息子を殺したのである。

狂犬病の最後は苦しむものだと言うが、医者はそれを知っていて、私たち夫婦が会いに来る前に、明に麻薬をうってくれたのである。最期はその夜のうちであった。

そんなことがきっかけになって私の結核は又、急速に悪化した。私はもう死んでもいいと思って、平気で歩き廻り、空襲警報が鳴っても壕にも入らなかった。終戦も私には、大した驚きではなかった。日本中が焦土になり、日本が占領されて植民地になっても、明がいないのであれば、何の恐れることもないと思っていた。私たち夫婦がアメリカの黒人奴隷のような目に遭おうと、もはや何一つ希望がないのだから、どうということはなかった。

その冬、まだ五十九歳だった私の母も死んだ。肺炎だったが、半ば衰弱死のようなものであった。もう少し栄養状態がよければ、或いはもちなおしたのかも知れないのだ。私は明の死によって未来を思うことをやめていたが、母は、次男の団が元気で復員して来るまでは死ねない、と言っていたのだった。

母の葬式の一週間後に、私は大喀血をした。やけで起きているというわけにも行かなくなり、私は湘南のサナトリウムに入れられた。そしてその翌年の春、団の刑死を知らされたのであった。

その間の、信ずべからざるような私の心理について、私はごまかす気になれない。私は団の死をあまり悼《いた》まなかったのだ。私はそれだけの体力がなかった。体力的にも気力的にも、そして経済的にも。アウシュヴィッツに収容されていた骨と皮ばかりの人間は、自分の妻や娘の死をどれほど歎き悲しめたのか、私は一度聞いてみたい。それは氷山のように、或る人間の心の空間を占めてしまいはするが、感情は凍っていて、決して、本当の悲しみとなって流れ出すものではない。私は明の死に心を奪われていた。母の死は、私の心を更に虚無的なものにした。そこへ知らされた団の死は、——死に馴れ始めた私にとっては《あ、もう一つ》という感じだったのだ。

その頃、私には毎日、午後になると三十八度近くの発熱があった。寝ていればいいのだからしあわせなのだ、と私は思おうとしていた。しかし、私は精神力が弱いのだろうか。三十八度の発熱の中では、あらゆるものを思考し、追いつめて行くという作業が、途中でぷつりととぎれるような感じになった。第一、私には何もできなかったのだ。

昭和二十一年という年は、日本人が誰も彼も、最も貧乏になった時である。戦争中は、まだ何らかの理由でどこかに金や物があった。しかし、昭和二十一年、日本人はおしなべて極度の貧窮の中にいた。私は自分が本当はのうのうとサナトリウムのベッドに横になっていられる身分でないことは知っていた。私は、時々、病院のベッドを脱け出して、労務者にでもなって働きに行かねば、と思ったことを覚えている。妻は仕立物をし、買出しに行って、自分と私の生活を支えていた。買出しは、自分が食べるだけでなく、隣近所に売る分まで持って来るのである。その当時の貧乏はすべて型が決っていたのが今考えるとおもしろい。妻は着物を持って行って、農家で食糧と換えてもらった。それまでに、私が多少買い集めていた浮世絵も、進駐軍が欲しがるからという理由で買いに来た男に、二束三文で売った。

言い訳をすれば、私はその当時、自分が生き延びることを考えていなかったのだ。療養生活をしながらそんなことを言うのはおかしい、と言われるだろうが、血を吐いた病人を家へおいておくのは不安だという妻の心を救うために、私はサナトリウムにいただけなのだ。第一、その当時のサナトリウムの食事は、結核を治癒の方向に向わせるために役立っているとはとうてい思えない代物だった。もちろん妻は苦労して何日かに一度ずつ補いになるものを運んでくれた。私はそれらの栄養補給になるものを、隣のベッドの男の視線をはっきりと意識しながら黙々と食べることもあったし、時にはまた、掌《てのひら》を返すように、妻が帰ってから半分分けてやることもあった。少し体がよくなると、私は妻と海辺の松林の中へ行って、人目につかないように食べた。しかしそれはずっと後のことだ。

妻の見舞の食糧を食べる時、私は、妻の心を救うためにこれを食べるのだ、と思っていた。私は、本来はこれは明が食べるべきものだ、と思い続けていた。隣の男に食糧をやってしまう時、私は間もなく死んで行く自分を考えていた。明が死んで以来、私は死を恐れなくなった。黄泉《よみ》の国は真暗だと思っていたが、明が死んでからは、そこに小さなカンテラを持った（そのカンテラはカーキ色に塗ったブリキ製で曇りガラスがはまっていた。空襲中よく使ったものである）明が待っていてくれるような気がした。そこへ母が死んだ。あの世はもっとあたたかく賑やかに感じられた。ましてや団がいるとなると――「やあやあ」という感じだった。

いろいろと、この世で信じられぬほどの不法なことがあったけれど、それもこれも、皆、一家がこの汚濁の地上を見捨てて、あの世で再び賑やかにつどうための神の配慮ではないかと思えた。その当時の私は、妻も私が死ねば必ず後を追って来るものと思い込んでいた。今思うと、それはどうもあまりにもセンチメンタルな空想だったようだ。あの当時の妻の働きを考えると、妻には死ぬ予定はなかったと見える。当時は医療保護も生活保護もないのだから、病人はあくまで個々の家庭が受け持たねばならなかった。
後年妻がおもしろいことを言った。私が、明を失った後一年ほどの間、今考えてみても、生きていたか死んでいたかわからないような時間を過していた、と言った時である。
《本当に、あなたが喀血しなければ、二人で死んでたかも知れないわ》
《喀血を利用してそのまま死ねばよかったのかな》
私は言った。
《いいえ、病気になると、私はファイトが湧くんですよ。誰だってそうでしょう。眼の前で人が倒れたら、反射的に助け起しますよ。あなたが病気になったものだから、私は生きるほかはない、と思ったんですよ》
そんなものであろうか。病気を苦にして自殺する人もあるが、総じて病人ほど生に執着している、と考えるべきであろう。

二

言い訳をもう少し続けたいと思う。私は、シンガポールのチャンギー刑務所にいる弟から、手紙を二通受けとっている。突然、戦犯容疑でここに入れられたのだが、自分には全く身に覚えのないことだし、裁判は開かれるそうだから、そこでまちがいははっきりすると思う。自分がかつて大学時代に読んだ限りの僅かな英文学の知識によれば、彼らの中には充分に実証的な物の見方もある筈なので、自分はそれに期待している。むしろ今は、ここで生の英濠人にふれることで、自分の中に知識と観念としてしかなかったイギリス観というものに、さまざまな肉づけのできることが貴重だし、それが後になってきっと役に立つものと思う、と書いてあったのである。

その手紙は、まことに奇妙な経路で私たちの手許に届けられた。その手紙はバンコックで投函されていたが、差出人はなかった。私は今もってこの理由がわからない。当時、チャンギー刑務所内で、団に接していて、その性格を愛した英軍の誰かが、手紙を密かに預かってバンコックから投函してくれたと見るべきなのであろうが、今でも、それは謎に包まれている。

団は、自分の立場を、その手紙に書いたように本当に感じていたかどうかということになると、これも疑わしいものが多い。なぜなら彼が実際にその後に受けた裁判は、彼がこの手紙の中で期待したものと、あまりにも遠くかけ離れたものだったからである。彼は隔離され、そのおかげで、全くそのような予感を抱かなくて済んだのであろうか。

第二次大戦で、イギリス紳士の仮面というものがあちこちで剝ぎ取られた。いやイギリスばかりではない。私たちがヨーロッパ人の中に一方的に思い描いていたラディカルなものは、公式にすぎぬ、ということは、あちこちで証明されたのである。むしろ彼らを支えている文化の根底にあるものは、相手を殺さねば自分が殺される、という最も原始的な力関係の承認であった。日本人はその点、英鬼米鬼という表現で、相手を端的に捉えていたのかも知れない。もちろんこれは、冗談だが……。

いや、素人の私は、今ここで、こんな根源的な問題に軽々しく答えを出す気はない。私はやはり、団がどこ迄知っていたか、ということのみを考える。彼が本当に英軍の裁判における公正さに最後まで信頼を置いていたなら、それはそれでいい。それは団の甘さではない。それはイギリスの恥になるだけである。

しかし、私は団の言葉を表面通りには受けとっていない。彼は或いは薄々知っていたかも知れないのだ。人間の本性として、監禁されている人間は、どんなにでも未来に対して疑心暗鬼になれるものだから、どんなおめでたい人間でも、拘束されていれば、不安を持つという才能を与えられる。そのような心理を団は自ら修正しようとしたのかも知れない。それとも、団はすべてを見抜いていたのだろうか。或る集団的な憎悪というものは、一切の理性の上に聖霊の火のように燃え上り、一定の時が来るまで、どのような消し方もありえないということを。

私はその手紙を受けて、何もしなかったのではないのだ。詳細はわからないが、とにかく団が、何らかの戦犯容疑を受けているらしい。しかし、あの男の性格からみて、逆上して何かをしでかすということもあり得ないので、恐らく何かのまちがいであろうと思われる。私は或る日サナトリウムから脱け出して勤め先の専務に会い、ことの次第を相談した。すると専務は仕事の関係上、GHQの衛生なんとか局というようなポジションにいる医者を知っている。その人に相談して、誰か英軍関係の知り合いがないか聞いてみてもらおう、と言ってくれたのである。

どうぞよろしくお願いします、と頭をさげるよりほか、私にはなすすべがなかった。そして専務は実際に動いてくれたのである。GHQのアメリカ人の医者は、英軍関係の弁護士を探し出して来てくれた。そして現にその医者から、団の所属部隊、階級、履歴などを聞き合わして来た、という知らせがあった。見たこともない日本人のそのまた、弟のために動いてくれたアメリカ人がいたということを、私は信じて疑わない。しかしそれらのデータが、どのように生かされて行ったかということは、私にはわからない。間もなく私は二度目の大きな喀血に襲われ、起きて出歩くことは死ぬことだと脅かされた。そして、その次に知らされたのは、団の処刑であった。刑務所内からの二通目の、そして最後の団の手紙は、処刑後に届けられたものであり、そこにも、団らしい、(時には、希望の匂いさえする)文章が書き連ねてあるだけである。

二通目の手紙は、ちゃんとシンガポールから、ただし船便で送られて来たのである。

私は卑怯な兄であった。間もなく死んで、あの世で団に会い、《同じ所に来られてよかったな》と言って許してもらうことを唯一の目標に、団のことについては、あまり心をかけぬようにして自分を守った。

もちろん、何も思わなかった、と言ったら嘘になる。団の死を知らされた夜ほど、私は波の音を高く聞いたことはなかった。私は病院の庭に出て、暗い松林の中へ入ってみたかった。するとそこに明の手を引いた団がいるに違いないような気がした。私は卑怯であった。いつかは死ぬつもりだと言いながら、そのまま二人に引かれて夜の海に入って行くのが恐ろしさに、私は病室の外へ出なかった。その夜、私は九度近い高熱に苦しめられていた。粟粒結核ではないか、という疑いもあった。しかし、私は熱のために、その晩も、とぎれとぎれではあったが、とにかく眠りについたのだ。私は薄情な人間で、苦悩のために眠れなかったという日は一日もないらしい。

その忘れっぽさ、薄情さを私は恥じてはいない。このような浅ましさこそ、凡人の才能というべきなのだ。

しかし、菜々枝を見舞ったその夜、私は生れて初めてと言ってもいいほど、眠りを妨げられた。

私は団について、今まであまりなおざりにしすぎて来たのではないか、という気はした。私は冷たいのだろうか。自分ではそう思ってはいない。しかし団が死んだ時から、私は彼について心を放すようにして来た。人間は生きているうちに騒いでやるべきなのだ。死んだ人間は、もう苦しみもない。憐れんでやることもない、と思おうとした。冷静であること、は船乗りであった父から教えられた私たち兄弟の性格であった。いや、そういう性格に美を感ずべきだ、と団も私も終生思おうとしていたところがあるのである。

しかし、私は今改めて、団が、三十年近い歳月と共に、もはや誰の心からも忘れ去られようとしているのを感じた。菜々枝は、病気のように、常に自分の身近にいる男に惚れられているという幻想を楽しみ、団のことなど思い出しもしないらしい。それでいいのだと思いながら、私はその夜、なぜか心穏やかではなかった。私は夜半に起きて台所に入り、冷酒をコップに半ばいほど飲んだ。私の結核は、その後、新薬の出現と共に画期的なおり方を見せ、私は、四十代の半ばから後の十年間に、大酒を飲める迄に健康をとり戻した。結核が長びいたのをきっかけに医療機械の会社をやめ、電鉄会社に入って、そこの空気が性格に合っていたのかも知れない。大酒に比例するくらい動き廻って、やがて胃潰瘍をやった。それで、私はややまともな自制生活に馴れたのである。酒も一応断ってはいるが、たまに飲むのまで恐れるということもなくなった。

私は久しぶりの酒で少し酔い、眠りについた。私はその夜、夢を見た。ダムの現場にいた若い炊事婦が、私の家の台所で働いているのだった。私は《旦那さんはどこへ行ってるね》と彼女に訊いていた。すると女は《そちらがよくご存じでしょう》と言うのだった。《シンガポールへ行って聞いてみればわかる》と私は答えていた。

三

私は数日後、いつも会社へ行く時に通る田町の駅からの道を歩いていた。薄曇りの日だった。年と共に私は寒さが身にこたえる。春の来るのが心から待たれた。

ふと私は、通りがかりの旅行代理店の窓口に一枚のポスターを見つけた。港が見え、島があり、海が蒼い。手前の花の赤さで南方だと思った。改めて見ると、ポスターはシンガポールのものであった。

私は暫《しばら》くの間、ショウ・ウィンドウの前に立って、ポスターを眺めていた。マウント・フェーバーからの景観だという。マウント・フェーバーというのは、日本軍がシンガポールに入ってから、最後の激戦地になったところだと記憶している。

私は兵隊の経験がないからわからないが、戦いというものは常に高地をとらねばならぬものらしい。ミサイルを使う戦いになっても、そうなのかどうかわからないが、とにかく高地をとり、周囲を見渡さなければ敵状もわからぬし、従って攻撃もできぬ、ということになるのであろう。マウント・フェーバーは島の南端にあって、そこ迄追いつめられたという点では、沖縄で牛島司令官が自決した摩文仁《まぶに》の丘と似ているのかも知れない。しかし、英軍はそこで殺されることはあっても自ら死にはしなかった。

この花の咲き乱れる丘で、何人が死んだろう、と私は考えていた。もちろん、このポスターにあるマウント・フェーバーは、完全な観光地である。すぐ隣の島まで、ケーブルカーのようなものがついているらしい。それらは港の上をゆっくりと眺めながら行くことになるらしいが、その光景はつまり、新しいシンガポールの心意気を示す代表的な景色ということになるのだろう。

私がそこで、あまりぐずぐず見ていたからだろうか。中にいた若い男が、「お客さん、よろしかったら、パンフレットもありますから、どうぞお入り下さい」と声をかけた。これは当節ではきわめてよくできた社員と言わねばならない。今の青年たちは、眼の前にいる客が問いかけても、返事をしないのが普通なのだから。

私は言われるままに店内に入った。客は一人もいなかった。彼はお茶をひいている、という感じだった。

「シンガポールにご興味おありでしたら、私共でいろいろツアーがでておりますから」

「団体旅行はあまり性格的に好きでないのでね」

私は言った。

「団体でなくても、シンガポールでしたら、七日以上、二十三日以内なら、非常に飛行機代もお安くなっていますから」

男はそう言ってから、

「お客さまは、失礼ですが、外国を旅行されたことはありますか？」

と訊いた。

「アメリカに、一度だけ行ったことがありますよ」

「僕はシンガポールはおすすめしますね。僕は将来、シンガポールなら住んでもいいと思うんです」

「そんなにいいかな」

弟の団が刑死した土地が、南洋の楽園とは私には思えない。

「君は何度行ったの？」

「団体について、今迄に三度ですが、いつでもチャンスがあったら行きたいです」

「まるで恋人がいるような言い方だね」

「実はそうなんです。中国人の子なんですが、ビジネス・カレッジに通ってます」

歯を見せて笑った。

「どうもそうだろう、と思った。結婚したいほど本気なの？」

私はこの青年に、少しばかり好感を持った。

「さあ、そこ迄はわかりません。生活が違うから、大変でしょうしね。彼女は中国人で家では広東語を喋ってるらしいんですけど、僕の名前だって漢字では書けないんです」

「そうかね、今のシンガポールの華僑はそんなものかね」

「私はこういう者です、よろしくお願いします」

相手は名刺をさし出した。「川口友一郎」という名前だった。

「大してむずかしい名前でもないのにね」

「本当にそうなんです。英語のほうがいいなんて、気の毒ですね。僕だって彼女だって、顔見たって、英語を喋るって柄じゃありませんよ」

「シンガポールへは行きたいとは思ってるんだ」

私は知人に相談をもちかけるように言った。

「もっともシンガポールだけじゃないんだけど」

「どちらへいらっしゃりたいんですか」

「サイゴン、プノンペン、シェムレップそれから、バンコック、更に陸路をシンガポール、それからスマトラ」

「どこだっていらっしゃれない所はありません。バンコック・シンガポール間も国際列車が走ってますから、それをおとりします。問題はシェムレップだけです。アンコール・ワットをごらんになるつもりでしょうか」

「まあ、そうだけれど、今はむりでしょう」

「アンコールもクメール・ルージュにどれだけ壊されたかわかりません。プノンペンだけなら何とかいらっしゃれますが」

「いや、全部でなくていいんだ。日にちも、そんなに長くとれないのでね。行くとすれば、バンコックからシンガポールまでだ」

「ご名刺を頂ければ、早速、調べて、お電話を申し上げます」

「そうして下さい。閑人のようだが、老人といえども、そうそう自由がきく身でもないのでね」

私は希望の期間を、川口に示した。会社の株主総会がある日は避けねばならなかったし、もう一つ、仲人をさせられる結婚式が控えていた。

「大丈夫です。一番経済的で、ご満足の行くような日程を作らせて頂きます」

「まだ、あまり当てにしないでくれ給え。何しろほんの数分前に、行きたいと思ったばかりなんだから。日程その他で、納得が行かなければ、君に手数をかけさせても、行かないかも知れない」

「そんなことは一向に構いません。僕はここに、こうして坐っていなきゃならないんですから、その暇に、スケジュールくらいたてられます。お客さんは中国料理お好きですか」

「大好きだね。西洋料理より体に合う」

「シンガポールにはおいしい所がたくさんあります。よろしければ、御紹介いたします。屋台の皿うどんから、高級なところまで。十日や二十日いても、食べ切れません」

「彼女に教わったんだね」

「まあ、そうです。中国人は舌がこえていますからね」

「マウント・フェーバーは……」

「名所の一つですからね、必ず行きます。このケーブルカーが名物の一つになってますから」

「僕は、いわゆる景色のいい所へ行くと退屈するんだ」

「僕もです」

その声の調子には、決して迎合ではない本気なものがあった、と私は思う。

「景色のいい所は絵ハガキと同じですからね」

川口は言ってから、別の爽やかさでつけ加えた。

「しかし、何度も行ってみると、また、おもしろいものを発見することもあるんです」

「………」

「僕はこのマウント・フェーバーには二度行ってるんですが、三回目の時、地元の青年が話しかけて来ました。中国系です」

「なるほど」

「僕のことを、中国人かと思ったって言うんです。その時、サラサのシャツなんか着て、サングラスをかけてたりしたもんですから。それで、お前も日本兵の墓にまいりに来たのか、と言うんです」

「マウント・フェーバーに日本兵の墓があるの？」

「僕は、それ迄知らなかったんです。そこが激戦地だったってことさえ知りませんでした」

「激戦地は、大てい、観光地になるんだ」

「まあそうですね。とにかくその中国系の青年が言うには、そこの斜面で日本兵がたくさん死んだ。その遺骨を集めてでしょう、多分、斜面の途中に、慰霊碑が作ってあるんだそうです。或る時、シンガポールの小学校だか中学校だかの先生が、富くじ、だか、宝くじだかを買って、そして思いついて、当りますように、ってこの日本兵の墓にまいったんだそうです。そしたら、大変な賞金が当った。それ以来、この慰霊碑は有名になりましてね、富くじを買う人は、皆、線香やおそなえものを持って、おまいりに来るんだそうです」

「君もその一人と思われた訳だね。しかしそれは愉快な話だ」

ほとんど、その瞬間、私は自分がシンガポールへ行くだろう、ということを感じた。この話は、多分に私の興味をひいたのだ。日本人がアジアの諸国で、どのような形でその国と係わり合っているかということは、広範囲なデータから判断しなければならないが、戦死した日本兵がその国の賭博の守護神になるということは、考えてみるとなかなかおもしろいことかも知れない。

三日後に、私は、川口友一郎から手紙をもらった。それには詳しい日程や、費用の計算が出してあった。それらはすべて、私の目下の生活を乱すものとは思われなかった。

私は妻に、初めて、旅行の意志をうち明けた。

「団の墓まいりをして来ようと思うのだ」

私は妻に言った。団の遺骨は日本には帰されなかった。それは、さまざまな経過を経て、今はシンガポールの日本人墓地の一隅に合祀《ごうし》されていた。

「私はあまり、墓まいりなどは信じていないのだ。骨なんか仕方がない、と思っていた。しかし、私もあまり年をとると、もうシンガポールまでも行けなくなるかも知れないし……」

「行っていらっしゃったらいいわ」

妻は言った。

「カルピスを持っていらっしゃいよ」

「どこへ？」

「お墓へですよ」

「カルピス？　団は好きだったかね」

「好きだったって何度も聞きましたよ。あなた、そんなことも覚えていないんですか」

私は冷静な人間であろうとして、冷たい人間になっていたのかも知れない、とふと思った。

団は酒の飲めない男であった。一升壜の代りに、私はカルピスの壜を下げて行けばいいのである。

3

一

何のために、シンガポールくんだりまで行こうとするのか。

旅行屋の川口友一郎に、はっきりと、行くという意思表示をするまでに、私は何度か自分の心に問い返してみた。娘っ子が椰子《やし》と珊瑚礁に憧れて南の国へ旅行するわけではないのだ。私が行こうとする所は、どこも水島団という一人の青年の亡霊が立っているように思える所ばかりである。楽しいとか懐かしいとかいうものではない。

実は私の手許には、バラバラの紙に書かれた、七通ばかりの団の手紙がある。いやそれは、手紙というより団の日記といったほうがいいかも知れない。それらは、必ず母あての優しい手紙(多くの場合、ごく短いものだったが)を第一頁目の上にのせて送って来たものだった。母あての手紙は、もちろん、母が大切にとってあったが、私はそのうちの一通を母の死んだ時、お棺のなかに入れてやった。厳密に言うと、母の胸に抱かせた。それが弟の代りであった。私の分は、私の髪を少し切って母の懐《ふところ》に入れた。日記といっても、それは決して毎日書かれたものではない。私には兵隊の経験がないからわからないが、恐らく、体力と気力が、日記を書こうという気になる程度に揃って活力を維持できるのは、何日に一度もないのではないだろうか。いや、その言い方は不正確だ。何かを書かずにいられないほど、緊張をせまられる時も逆にあるのかも知れないから。

一人の人間が、その最期近くに何を考えていたかを確かめて何になるのだろう。誰もが、何かを思いつつ死ぬのだ。思ったのは、何も団一人ではない。何度も言うように、私は冷酷な遺族の一人として、団の死を、他人のそれと比べて、決して特別なものとは思いたくない。団の死を散華とも思いたくない。団の死は、徹底して、むだであった。一人の人間が死に値するほどのものは、実はこの世にめったにない。団は自分の死が、むだであることを確認して死んだ。私はそのことが只、苦しい。

私は思いたって、弁護士になっている中学時代の友人を電話で呼んだ。この人物には、ここ十年ばかり、公私にわたって相談をかけていたのである。

「実は、無理と思われることを相談するのだが」

私は言った。

「君が無理と思うなら、多分無理だろうよ」

相手は口が悪い。

「実は、俺の弟が、シンガポールのチャンギー刑務所で処刑されたことは、いつか話しただろう」

「ああ」

「チャンギーを俺は見たいんだ。処刑のあとも見たい。何とかして、見学を許されないだろうか」

「君も知ってる通り、刑務所の見学は実にむずかしいのだ」

「わかってる」

「簡単に見せる国もある。何しろ、今から八年ほど前のことではあるけど、フィリピンのモンテンルパの刑務所じゃ、まだ、足に鉄の玉を鎖でつけられて歩いてる囚人もいた」

「見たのか」

「ああ見た。そこでは処刑室も見せてくれた。三千ボルトの高圧電流を流すやつだ。床屋の椅子みたいなものがあってね、両足首と、両手首と、頭を鉄の帽子で固定する。すぐ傍に、法務官や、医者や、新聞記者たちの立つ場所がある。ゴムのマットが敷いてあって、それぞれ立つべきところが指定してある」

この弁護士は、昔からちょっと神経の粗《あら》い男だった。モンテンルパはチャンギーではないから、私に話しても平気だと思っているのだ。そうだ、モンテンルパとチャンギーは違う。弟の団も、モンテンルパにいたなら、又異なった運命に出遭っていたかも知れない。

「じゃあ、それは無理だろうな、諦めよう」

「まあ、一応ダメと思っていてくれ給え。しかし、手をうってはみる」

「そうか、可能性はあるか」

「何とも言えないが」

「今まで、何も弟にしてやれなかったのでね。戦死なら、或いはもっと早く墓まいりに行っていたかも知れない。しかし、処刑されたということは怨みがあるのでね。今さら墓詣でをしても、団は生き返らないのだから、という感じが放置しておいた理由だ」

「わかった。ちょっと待ってくれ」

「すまない」

私は、運を賭ける気になった。チャンギーを見られるなら、シンガポールに行き、だめなら、旅行もとりやめて、家にいよう。幽明境を異にした人間とは、別に、彼の地《か》へ行かなくても、心は通じる筈だ、などとも思った。

私は旅行屋の川口に、その旨を伝えた。

「カンゴクが見られないといらっしゃらないとは、又、おもしろいご趣味ですね」

この川口という男は、その精神の自由奔放さの故に、もしかしたら出世しないのではないか、と私は思った。私だから、このような率直な言葉はうけ入れられるが、客の性格によっては怒るのではないかと思う。

「カンゴクがお好きなんですか?」

私はちょっと優しい気分になった。

「君は興味ないかね」

川口青年はちょっと考えた後で言った。

「ありますね。カンゴクは怖いですからね。それに、脱走する興味もありますね」

この青年の刑務所に関する知識は、ハリウッド映画風なのである。

「そうそう、それと、僕の友達が一人、府中に住んでるんですが、刑務所という所は、静かでいい、って言ってました」

「そりゃ、そうだ。遊園地ができて、雑音で悩まされるくらいなら、そのほうがいい」

「僕の友人は、会社員なんですが、詩の同好会に入ってるんです。それで、つまり詩を作るんです。詩作には、刑務所の傍はいいんだそうです」

戦争を知らない世代というのは、いいものだ。あらゆる重いことを爽やかな風のように変質させる。

「急にお決め下さることはないです。二週間頂ければ、何とかご出発になれるように致しますから」

私はますます、この川口という青年が好きになった。この頃の広い意味でのセールスマンたちというのは、私の理解の範囲を越えることがある。つまり、店員は売らないように売らないようにするのだ。心がけの悪いのは主に女に多いのだが。

待っている間に、私は気になって一度だけ真野新平に電話をかけた。

「どうですかね、菜々枝《おかあ》さんは」

「は、ありがとうございます」

新平はちょっとためらった末に、言った。

「いつものことですが、目下のところは入院していることに、大変満足しております。信頼しております医師《せんせい》も身近にいらっしゃるので、帰りたくないようです」

会社なので、こういう挨拶になるのだろう。新平はまわりの人間が聞いているのを意識しているようであった。

「おもしろいもんだね。普通、誰でも病院はいやがるもんだけどね。ことに大変デラックスな病院というわけじゃない。飯もまずいだろうに、よく我慢してるね」

「そのほうは、時々、看護婦さんやら、他の方のつきそいさんに頼んで、病院の外来用の食堂で買って来て貰っているようです。しかし、母は、昔から食べ物には無趣味な女でして、人間関係に夢中になりますと、食べ物なんか食べなくてもよくなるほうですから」

「なるほど」

新平は「人間関係」という。恐らく今の場合は、担当の医者にべたべたくっつくことである。

「実は、一度、僕のほうからご相談申し上げようと思っていたのですが、私のほうが急に発令になりました」

「転勤」

「はい、シンガポールに」

私は一瞬、ぐっとつまった。

もちろん、新平は、団のことは何も知らない。いや、菜々枝のことだから、息子に自分の若い時のロマンスを話して、《その人はねえ、シンガポールで死んじゃったのよ》くらい言っているかも知れないが、息子のほうは、母親のそんな話を、通常、心にはとめていないものである。

「それで言いましたか？　お母さんに」

「まだ申しておりません」

「いつ発ちます」

「来月末には発つようにとのことなんです。通常はもう少し時間があるものなんですが、向うの支店でちょっと事故がありまして、私より三年ほど先輩の人が自動車事故で亡くなったんです。それでできるだけ急遽、発つようにとのことで」

「困ったね」

「はあ。しかし、それだから、私が会社をやめる、というわけにもまいりません。うちの会社へ入った以上、当然、海外へ出ることはわかっていたわけですから」

「お母さんも、それを知らないわけじゃないだろう」

「知っておりましても、それが自分の生活の上にどう響くかということは考えられない人なんです」

「ではまあ、晩方にでも、改めてゆっくり話そう」

「ありがとうございます。私も、実は一昨日発令されまして、すぐにもお電話を申し上げねばならなかったのですが、二晩とも夜おそくまで仕事がございまして」

「そんなことはいいんだ。まあ、疲れないようにやって下さい。世の中は、なるようにしかならんのだから」

二

新平から、転任の件を母親に伝えたという連絡があって後に、私はもう一度、真野菜々枝を見舞に出かけた。

実は新平は、要約して、二つの不安を訴えていたのだが、その背後には実に並々ならぬ心労があったろうと思われる。これは余談だが、親が子供にかける迷惑くらい、子供を鍛えるものはない。このような点について、世の中の教育者たちはいったいどの程度、それを承認しているのだろうか。

新平の第一の不安は、母親がかねて宣言していた通り、新平の赴任をじゃまするような行動に出はしないか、ということであろう。

《今は、戦争中の赤紙一本で戦地にやられる時代じゃないのよ。こっちの家庭の事情も考えないで、勝手にシンガポールへ行けとは何よ。そんなこと、はいはいと、承って来ることはないよ。こっちは母一人子一人なんだから、そんな非人道的なことはないよ。そう会社へ行ってお言い。それでわからなかったら、私が部長さんにお会いしてお話しますから》

女には論理も何もないのだ。違うかも知れないが、菜々枝の発想は、多かれ少なかれそんなようなものであろう。男はそのような暴力に対して、何と言って戦えるだろう。

第二の不安は、第一の不安が全く杞憂であった場合に起る問題である。幸か不幸か菜々枝は今入院している。そして、息子に近いような年の挾間という医師に惚れている。新平がシンガポールへ行くと言っても、もしこの挾間医師のほうに心が移っていたら、案外何とも言わないかも知れない。その場合、菜々枝の使う手はひとつであった。それは退院しないことである。何の理由でもない。只、挾間医師の傍にいたいためだけの理由である。

《私を退院させると、死ぬかも知れないわよ、と一言だけ、母は申しました》

と新平は別の電話で言った。

《どういう意味だろう》

《わかりません。文字通りの意味でしょう。今度こそ、自殺する、という脅しは一度も引っこめてない訳ですから》

《お母さんのことは考えなくていいよ。どうなったって、知ったこっちゃない。死んでやる、という脅迫くらい、いやらしいものはないからな》

新平はそれについては何とも言わなかった。しかし恐らく経済問題もあるだろう、と思われた。多少の資産はあるかも知れないし健康保険がいくら使えるのかは知らないが、母親を一人入院させておくことが家計に響かないわけはなかった。

《見舞に何か持って行きたいのだがね、お母さんは何を欲しがってる?》

《それはどうぞ、ご心配なく》
《しかし、私としては、むしろ聞かせてもらったほうが楽なんだ》
《しかし、それは……》
《今度、あんたは、何を買って持ってくことになってるの？》
《ネグリジェを買って来てくれと言うのです。実はもう五枚か六枚は持って行っているのですが、なお、私に新しいのを買って来い、と申します。私が男で、そんなものはわからない、って言うと、あんたが女の子に着せたいと思うのでいいのだ、と言うのです》
《なるほど》
私の背筋に、ぞっとするような薄気味の悪いものが走った。
《私が来月末に発つとなると、まだ、もっと本格的にやっておかなきゃならないこと、相談しておかなきゃいけないことがいろいろある筈なんですが、そういうことには一向に話が行かないんです》
《ほっておいて、或る日行ってしまえばいいよ。後は何とかなる》
新平はそれにには答えなかった。本来なら、外地へ赴任する息子のために、母親があれこれと仕度をしてやるべきものなのだ。それをこの母は、一方的な妄想愛に現《うつつ》をぬかしている。
土曜日だったので、その日面会は夜八時まで許されていた。

「シンガポールへ行くんだってね、新平君は」

私は妻に買わせたネグリジェの包みを菜々枝に渡すと言った。

「喜んでましたでしょ」

「さあ、喜ぶも喜ばないもないんじゃないか、会社の命令だから」

「水島さんに伺いたいんですけど、会社の命令って、そんなに絶対のもの？」

「まあね、やめない限りはね」

「この民主主義の時代でもですか？　戦争中だって、特攻隊を選ぶ時に、長男はとらなかったって言うじゃないの。うちは母一人子一人なのよ」

はたして菜々枝は言った。

「それは問題にならないでしょうね。それを言ったら、だからふた親揃わないのは採用しないほうがいいんだ、ということになる」

「そんなことが問題になるの？」

「なる所はいくらでもありますよ。世の中はあなたが考える以上に保守的なものですからね」

私は一息いれてから言い渡した。

「まあ、しっかりして、早く退院して、立派に送り出しておやりなさい」

「でもねえ、挾間先生の退院のお許しは出てないのよ」

「どこが悪いんです。頭のてっぺんから爪先まで元気そうだ」

「だって、私、一人になったら、又、薬飲みそうな気がするの」

ネグリジェは菜々枝の気に入らなかったようだった。妻が選んだので、地味になったのである。妻はそれでも、破格に派手なのを選んだつもりらしかった。それなのに、それは菜々枝からみれば、ばばあくさいものだったらしい。私は、一時間ばかりでうんざりして、病院を出た。

ただ、帰る間際に、私は一言だけ菜々枝に言った。

「まだ新平君には言ってないんだけどね。私も、できたらシンガポールへ団の墓まいりに行って来ようかと思うんだ」

「あら、そうですか」

菜々枝はそう言ってから、そのままではあまりに愛想が悪いと思ったらしく、

「お暑いんでしょう？　あちらは」

と尋ねた。

その質問は私にとって、あらゆる意味で意外だった。天候のことを尋ねる、などというのは「社交辞令」以外の何ものでもあり得ない。

「どうだろう。私も初めてだからね。しかし、ハワイのようなもんじゃないかな」

私は虚しい思いを嚙みしめながら答えた。団のことは忘れてもいい。シンガポールで死んだ

昔の男友達のことなど、脳裏になくなっているというのなら、それはそれでよかったのかも知れない。しかし、シンガポールは、息子が赴任しようとしている土地ではないか。その土地に対する、これが唯一の、とってつけたような関心を示す挨拶だとわかった時、私は菜々枝の心に砂漠のような荒廃を見た、と思ったのである。

三

私は、真野家について、しかし密かに心をいためていた。菜々枝に対してではない。新平があわれだったのである。金に余裕があるわけでもなく、あのような母を看《み》てくれる人手があるわけでもない。出発の日は刻々と近づいて来る。

新平から電話がかかって来たのは、もう出発まで、後十日あまりという夜であった。

「どうしましたね」

「おかげさまで、父方の従妹夫婦というのが、今度、東京へ転勤になりまして、社宅といったものもないらしいので、この家に入ってくれることになりました。母の面倒をどのくらい看てくれるかどうかは疑問なのですが、まあ、一緒に住んでくれるだけでも、少しはいいかと思っています」

「そりゃ、よかった」

「しかし退院は、急いではさせないことにしました。母はいたがっているのですし、まあ、私も向うの暮し方次第では、母の入院費くらい、浮くかも知れませんし、とりあえず、いたいだけいさせて、と思っております。それより、小父さんはシンガポールに、本当に来られますか」

「まだ、返事がないのでね。チャンギーを見られるようだったら、行かずばなるまい、と思ってるんです」

「赴任直後で、私自身、お上りさんですから、ご案内いたしますなどと言えた義理ではありませんが、たとえ一月でも後においで下さるなら、どうぞ、必ずお立ち寄り下さい」

「そうさせてもらいますよ」

私はもう老齢で、何も手伝えないし、羽田に見送りにも行かない、と言った。菜々枝に関しては、初めは息子が自分とは違う世界を持つことをねたんであある事件を起したのだが、入院して、主治医が好きになると、新平にとって第二の不安、つまり経済観念なく、いつ迄も病院暮しを続けたがるほうに廻ったらしい。しかし現場を見なければ気楽なものである。私は病人を見舞もしなければ、新平を送りもしなかった。この世で何とかならなかったことはない。新平にとっては、確実に解放であろうし、息子がいなくなればなったで、菜々枝も、何とか生きて行くものなのである。

新平が発って二週間ほどしてから、私は、例の弁護士の友人から電話を受けた。

「うまく行きそうだ」

彼は言った。

「本当か⁉」

「僕の親しい仲間が、シンガポールとの関係の仕事をよくしていて、法務大臣なんかとも面識があるらしい。それでそちらのルートから頼み込んでもらった。初め向うはジャーナリストではないか、とか、いろんなことを聞いてたらしいが、決して、そうじゃない。今さら過去の軍事裁判の文句をシンガポールにつけに行くような人間じゃない。只、弟の死んだところを見たい、それだけだ、と言ってやった」

「全くその通りだ」

「そしたら、完全に隅々まで見せられるとはいえないが、一部はお見せしよう、ということだった。ただし、写真はとらないように。それから、処刑の場所そのものは、もう当時と変っていて、その場所へは連れて行けないかも知れないが、遠くからあの辺だという程度なら見られるだろう」

「申し訳ない、手数をかけてしまった」

「シンガポールに着いたら、こういう人に連絡しろ、という、住所と氏名が来ている。郵便で送るから、向うへ着いたら、早速、電話をいれてくれないか」

「そうしよう。しかしありがたかった。実は半ば諦めてた。僕はそういう世界の人間じゃないし」

「ま、お互いに過去のあった国同士というのは、それだけの心遣いはするのさ。それが、裏目に出ることもあれば、表目に出ることもあるだろうけど」

私の体の中に、血ではないが、生命の水のようなものが隅々まで漲《みなぎ》るように感じられた。これは奇異な感覚であった。大体、人間は過去に向く時、感傷はあるが、生命の潮がさして来るような思いになどなることはない。

私は早速、旅行屋の川口に電話をかけた。

「バンコックからクアラルンプールまではどうしても汽車に乗りたいのでね、その手配を頼みます」

滑りこみだが、これだと株主総会の前に帰ってこられそうであった。

「それが、一番、切符をとりにくいので、急いで手配を致します」

団は私の中で、徐々によみがえりつつあった。私はキリスト教信者でも何でもない。外人に、お前は何教徒だと聞かれたら、無神論者だ、と答えるのが正しいように思っている。ただし聖書は何度か読んだ。その中で、恐らく神学としても、そこが最も重要な論点であり、しかも理性に頼ろうとする人間に一番わかりにくいのは、復活の部分であろう、と思われた。死者が生き返るということの意味を、人間は通常、日常生活の中で捉え得ないからである。しかし私は団が私の中で、生きなおし始めているような気がした。単に、彼の過去を「追憶」するなどということではない。私は団に初めて、呼びかけられているような気がしたのである。何のために……私は再三、団に問いかけた。するとちょっとはにかんだような団の答えが返って来た。

《一つの生を見なおすために》

川口青年は、かなり奮闘したようである。例の国際列車の寝台の個室は現地でなければとれないので、その手配は、先方にまかすよりほかはない。

「丸々四十時間ほどかかりますので、誰か変なのと相部屋だとおいやでしょうから、お一人で、二人前の寝台をお買い頂くことになりますが、大した費用ではないと思いますので」

「ああ、そうして下さい」

私はバンコックでもどこでも、できるだけ古い宿を頼んだ。団の眼にふれたかも知れない世界を求めるのが目的だったから。

「トロカデロというホテルがあるかな」

と私は言った。

「あることには、あります。が、古くて、どうでしょうか。設備も保証できませんが」

「あったら、とって下さい。無理はしなくていい」

「一応手配はしてみます」

トロカデロ・ホテルは、団の手紙の中に出て来た名前である。一週間ほど後に、最後のマレーシアのビザをとり終えて来た時、川口青年は言った。

「申し訳ありませんでした。トロカデロは無理でした」

「いいですよ。建物さえあれば、見に行けるのだから」

「実は、トロカデロは一時、アメリカ軍に接収みたいな恰好になっていて、ベトナム帰休兵専用のホテルになっていました。その間に新しいホテルはどんどん建って、向うのエイジェントもトロカデロなどをあまり相手にしなくなってしまったんです。それでどうもうまく行かずに申し訳ありません。その代り、トロカデロのすぐお近くの、オリエンタルをおとり致しました。新館ができましたが、古い、格式のあるホテルです」

近くなら、どこでもいい、と思った。私は身軽に行くつもりであった。背広一着あれば、あとはゴルフ・ウエアでこと足りる。もっとも、旅行の話が自然に出ると、あちこちから、知人を紹介する、という親切な申し出は受けた。私はきわめて勝手ではあったが、その中で、訪ねて行っても行かなくても、どちらでも済みそうなのだけ選んだ。

「あなた、新平さんには、何をおみやげになさるの？」

妻は尋ねた。

「行ったばかりだ。何も持って行かなくていいよ」

「でも、あそこは、お母さんが何一つ、そういう用意をしてあげなかったんだから、かわいそうですよ」

私は黙っていた。妻は、ご飯にふりかける紫蘇《しそ》の葉の粉と小さな佃煮の箱を私のカバンに入れた。

「カルピスは、割れるといけないから、手に持って下さいね」

女が介入すると、どうしても荷物が多くなる。私は不満であったが、黙って見ていた。

或る朝、私は、ひとりでタクシーで家を出た。たかだか二、三週間旅をするのに老妻に送られることもなかった。私は旅は、夜逃げのようにするのが好きである。知人の中には、派手に送ったり送られたりするのもかなりいるが、あれはヤボだと思う。

羽田空港はすさまじい人であった。ハイジャック防止のための検査に手間どるのかも知れないが、待合室は、椅子がないほどである。上野か東京駅とさして違わない。しかし悪い感じではない。程度問題ではあるが、私は、人にもまれて何かをするという感覚も好きなのである。

この人混みは、香港でも続いていた。啓徳空港の待合室は、窓がない。倉庫のような空間に、人々は立っている。日本人の団体旅行の中には、床の上に新聞紙を敷き、そこに靴をぬいでペったり坐っているのもいる。私は見栄や外聞をあまり気にするほうではないが、それでも、い若い者がこういう疲れ方を見せるのはいささか気になる。外国へ出てこれほど疲れるのなら、国外へ出なければいいのに、と思う。

香港から、私は窓際の席を与えられた。私は次第に、「団の地」に近づきつつあるのを感じた。日本航空の飛行機は、ダナン上空からインドシナ半島に上るという。ダナンの地名は、ベトナム戦争の時、さんざん聞かされた。折しも、ダナン上空には、高い積乱雲があった。「ベルト着用」のランプがつく。まがまがしい黄泉《よみ》の樹氷のような積乱雲を飛行機は避けて飛ぶらしい。

昭和十六年七月、水島団一等兵はサイゴンに上陸した。プノンペンに移ったのは八月五日である。十二月七日、開戦直前は、アンコール・ワットのすぐ前にいた。

その夜おそく、日本大使はタイの外相官邸を訪れていた。英領ビルマとマレーを攻撃するために、日本陸軍のタイ領通過を求めて来たのであった。返事は八日午前一時までに、という要求であった。

その夜、ピブン宰相は姿をくらましていた。責任を回避して隠れていたとも、危険を感じてバンコックを離れていたとも言われる。私には真相はわからぬが、日本大使館員が、夜を徹して、ピブンを探すためにバンコックを駆けずりまわったと言われる夜であろう。ピブン不在の間、プリディ・パノムヨン摂政は、日本軍に対する徹底抗戦を命じていた。しかし、翌朝、ピブンによってこの命令は撤回された。日本軍は一せいにカンボジア国境から、タイに入りつつあった。

私がバンコック・ドンムアン空港に着いた時には、まだ陽があった。飛行機で西行する場合、時差のために、一日は遅々として経たないのである。

私は空港の大地を初めて踏みしめた時、自然に団に語りかけていた。

《団、来たよ》

団たちの中隊は、昭和十六年十二月七日夜、すなわち開戦の前夜、アンコール・ワットを発った。行手には、タイ軍の抵抗があるか、平和進駐が行われるかはまだわからなかった。

『国境で休止。クメール人と同じ道を歩いて来たことを思う。落葉の音さらさら聞える』

一夜明けて、彼らはバンコックまで来た。ドンムアン空港は、団たち、近衛歩兵師団の兵たちが、まさに大休止をした所なのであった。

4

一

オリエンタル・ホテルはメナムの川岸にあった。恐らくバンコックの中で、一番古い、西欧風のホテルだったのであろう。昔は海から川へさかのぼって、このホテルのすぐ傍に上陸することが、シャムへ入る最も普通の道だったのだ。というか桟橋を上って、まず必要とされるのは、旅籠屋《はたご》であった。それから前世紀のイギリス人やフランス人こそエコノミック・アニマルで、しかもその土地に住む人々を信用していなかったから、ホテルの左右に、チャータード銀行とインドシナ銀行を作った。それからすぐ前に教会を建てた。

最も古い格式あるホテルだというから、私は、二十畳敷もあるような古典的な部屋を想像していたのだが、通されたのは、いわゆる新館の、ごく普通の部屋だった。ベッドのヘッドボード、電気のスタンド、テーブル、椅子などがチーク材でできているところだけが、タイであることを思わせるが、冷房を効かすために窓をぴっちり閉めているので、川《メナム》が見えるどころか、日本のどこかの地方にいるのと同じことである。

さすがに少し疲れたので、私はホテルの食堂で夕飯を食べると、すぐに寝てしまった。バンコックでは夜の九時でも、日本時間では既に十一時ということになる。寝つきはもともときわめていい上に、飛行機の中で買ったウイスキーを開けて部屋で飲んだので、私が眠るまではごく短かったのだが、私はその間に、幸福な面持の、弟の団と空想の中で対面することができた。彼ら日本兵は、インドシナへ来てから初めて魅力的な数々の食べ物を知ったのである。サイゴンで団は初めて壜詰のオレンジ・ジュースというものを味わった。それとフランスパンの魅惑。兵隊の一人が、官費の外国旅行だと言ったという。

団は私と違って色が白い。同じ兄弟だと思えないくらい白い。団は書いて寄こしたのだ。

『カンボジャでは、王様初め、白人が好きなのだそうです。それでここでは、色の白い人間はもてます。

後宮のカンボジャ女性は、肌の色を白くするために、食べ物は色の白いものしか食べないのだという話を聞いて来て、それを信じている兵隊がいます。白米、白身の魚、白い色の野菜と果物。それらを食べると大便の色まで白くなって、しまいには肌の色も白くなるということなのです』

大まじめな文章だが、団のくすくす笑いが聞えるようである。戦前の日本人は、そんな話が一般的に通用するほどの知識しか持ち合わさなかったのだ。軍が南方作戦に必要な研究をするための台湾軍研究部を台湾軍司令部内においたのは、昭和十五年の十二月中旬である。そのメンバーの中には、例の辻政信中佐も含まれ、人員は約三十人であった。

団が楽しげな手紙を書いて来たからといって、彼が当時、心から楽しかったということにはならない。しかし、彼はまだおもしろがって見せるだけの余裕を持っていたと考えていいであろう。

私は、ろくすっぽ考えをまとめもしないうちに眠ってしまった。

ずいぶんぐっすり眠ったと思ったのに、まだ、カーテンの隙間から洩れているのは電燈の光だった。やはり床が変って早く眼が覚めてしまったのかな、と思って時計を見ると、既にタイ時間で六時五分すぎである。九時半から六時まで八時間あまりを一息に眠ったのは、老人とも思えない。

それにしても何という暗さであろう。南の国では夜が早く明けそうな気がしていたのは、素人の錯覚というものである。私は暫くの間、煙草を吹かしながら床の中にいたが、やがて起き上って服を着た。部屋の前の通路は、いかにも南方らしく、むき出しの回廊になっている。その所々に籐椅子や灰皿のスタンドがおいてあり、その間に、彫刻のある、テーブルだかベッドだかわからぬようなものが置いてある。ふと見ると、その一つに制服のボーイがごろりと横になって眠りこけていた。背中が痛そうだが、冷房も効かない生ぬるい空気の中では、肌にふれるだけでひんやり冷たいテーブルに寝るほうが、ソファのクッションの上より快いのかも知れない。

私はボーイの眼を覚まさせないようにして、暫くの間、刻々と明けて行く筈の南方の朝と相対していた。東南アジアの朝には独特の体臭がある。それは悪甘いような、麻薬的な匂いを持っている、と誰かが書いているのを読んだことがあるが、確かにその通りかも知れない。昨夜寝る直前、ホテルの前のアーケードには、インド人の母が子供を擁して、道の端に蹲《うずくま》るように坐っていたが、今見ると、彼女は再び同じ所に立っている。いずれ、この近くに住んでいるのだろうが、何の職業なのかわからない。たった一晩を境に、二度見ただけなのだからよくわからないが、彼女は昼夜をわかたず好きな時に眠って、気がむいた時に起きているのではないか、という気がした。エスキモーには決った食事時間というものがなく、大人も子供も、空腹を感じた時に部屋の一隅に行って、融けかけてべとべとになったカリブーの冷凍肉をめいめいのナイフで好きなだけ切りとって食べる、という。食事にせよ、睡眠にせよ、我々にとっては、半ば儀式化したものとなっていて、それが、我々の精神生活を支えもするが、同時に束縛にもなっている。犬と同じに好きな時に眠り、好きな時に起きていて、しかもいつも通りに坐って、じっと眼の前を通りすぎる人を見ている、などという完全な自由を、我々は夢想だにしないのであろう。もっとも、そのような束縛のない自由というものが、我々の魂に、快感を与えるかどうかは、又、別のことである。

私は、早く朝の一ぱいのお茶を飲みたい、と思った。食堂は七時に開くという。私は六時五十五分頃、エレベーターで階下に下りた。そして庭の先の、川に面した食堂のほうへ下りて行こうとすると、まだ足許は暗く、ボーイたちが夕食と同じように、けだるそうにテーブルの上に灯を置いているのが見えた。

私は、朝食を灯の下で摂《と》るのは、何となく気がすすまなかったし、部屋に煙草を忘れて来たことに気がついたので、いったん取りに上り、再び、七時十五分すぎ頃、階下に下りた時は、先刻とは比較にならぬほど夜は明けていた。

テラスの朝食の席は川の水音に満ちていた。暗いうちは一向に気づかなかったのだが、テラスのすぐ前は観光用のはしけの溜り場だったのだ。すでに二十隻に近い船が集まって来ていた。私がテーブルに着くと、すぐ近くにいた船の船頭が——といっても彼は、赤っぽいシャツを着て縮れた髪をした男だったが——私にすぐ、名所となっている浮き市場《フローティング・マーケット》を見に行かないか、と言った。浮き市場というのは、朝早く物売りに来る船の集まる掘割りのことを言うらしい。

私は愛想悪く断わり、まるで朝陽の中で、とり出されたばかりのむき出しの心臓のように、生き生きと動いている川《メナム》の光景を見ていた。川は道路であった。すぐ前には大きな工場が見える。木工場か脱穀工場らしい。川にはガソリン・スタンドもあって、船の行き来は激しい。

私は、つい先刻、私に声をかけた男の船に自然に視線を戻していた。あくまで観光用の細長い船である。スコールや陽ざしを防ぐために屋根がついている。その屋根の舳先《へさき》に近い所に神さまをまつったお守りのようなものがついており、花が飾ってある。船尾のエンジンに近い所には屋根を支える二本の柱があるのだが、その柱に摑まって甲板に這い上ろうとすると、スクリューに巻きこまれる危険があるのだろう、人が近寄らないように、あらかじめ柱には鉄条網が巻きつけてある。

ふと気がつくと、その柱の根許に、ぼろ布の塊《かたまり》を転がしたように一人の少年が眠っていた。横向きに体を丸めて、黄色い半ズボンをはいたお尻をこちら側に突き出し、膝小僧を胸に引きつけるようにして眠っている。先刻、恐らく父親《おやじ》に違いない男が、私に向ってどなりもしたし、他にも、あたりは他船のエンジンの音に満ち、かつ船は停止しているとはいっても、波を受けて、かなり激しく揺り上げられ揺り下げられているにも拘らず、その子は、飛沫《ひまつ》に濡れた小さな後部デッキから滑り落ちることもなく、眠りをむさぼっているように見える。恐らく、仕事のために家を出て来た時、あたりはまだ暗く、少年は眠くてたまらなかったのだろう。

私がジュースを飲み終り卵の皿を待っている間に、少年は眼を覚ました。やっと起き上って、しばらくの間、ぼんやりしている。父親が《早く働け》というような意味のことを言ったらしかったが、彼は返事もしなかった。朝からねっとりと暑い南国の朝なのだ。少年の血管は開き切って、血圧はなかなか上らないのかも知れない。

やがて彼は立ち上った。船の屋根のはりの間から、歯ブラシを取り出し、それを持って船尾に坐ると、歯を磨き出した。なかなか丁寧な磨き方である。終るとしなやかな体をくるりと曲げて、泥色の川の中で歯ブラシを洗い、それから両手で水をすくって口をすすいだ。顔を洗うのも同じような操作でやる。この川には沿岸の家々と人々の排泄するあらゆる汚物が総て流れ込むのだが……流れている川は必ず汚れを清める、という考え方が、人間共通のものだったのだ。この無邪気さが、「公害」というものをひき起した。恐らく、タイでも同じことが起るだろう。

いや、それよりもおもしろかったことは、少年が、それから更に、同じ隠し場所から櫛と手鏡をとり出して、念入りに髪を整えたことである。彼の年齢は、日本の子供の体格から推し測るとせいぜいで小学校五年生だが、もしかすると、中学二年くらいにはなっているのかも知れない。彼は前髪の分け方に工夫をこらしている。父親が、いよいよ客を乗せるために船を動かす、という掛声をかけなかったら、彼はもっと長時間、おめかしを続けていたかも知れない。

二

観光船で働く少年の日常を瞥見したことは、私の心理に少なからぬ余裕を与えた。そうでなければ、私はともすれば、団の亡霊に惹《ひ》かれて、過去に、過去に、と心を奪われたのではないか、と思う。少年を見ているうちにふと気がつくと、オリエンタル・ホテルの両側の船着場には、湧くが如くに人の顔が見える。もちろん、紅毛碧眼もいないではないが、その多くは日本人である。一隻の船は、軽く二、三十人は乗せて出て行く。少しは人の列がとぎれるかと思って見ていると、またちゃんと、次の船の順番を待つ人波がもり上って来る。

部屋へ戻ったのは、九時近くなっていた。なるほど川の傍の眺めは、生き生きと流動していて、倦《あ》きないものがある。川の傍の人間は忙しげだから興味深いのである。

私は、ちょっと考えてから、手帳に控えてあった電話番号の一つを呼び出すように交換手に頼んだ。それは、私の友人の弟が働いている日本の商社で、この弟とも、私は昔はかなり親しかったのである。電話口に出たのは、中国人ではないかと思われる英語の発音をする若い女である。Rさんはいないか、と言うと、ちょっと待ってくれ、と鼻から息が洩れるような言い方をした。一、二分、待たされて、Rさんはオフィスの中にはいるが、今は席にいない、と言う。では、十分か二十分経ったら又かけましょう、と私は電話を切った。そして待っている間に、私は、団の行った土地を全部廻ろう、などと意気ごむのはやめよう、と思った。南方の気候は、いつ迄にこれだけをやらねばならぬ、などという計画性とは根本的にあいいれぬものだと聞いている。

十五分経って、私は再びRのオフィスを呼んだ。今度は鼻に息が抜けそうな交換手では心許なかったので、誰でもいいから日本人を電話口に出して貰いたい、と頼んだ。するとちょっとした年輩の声の男が現われ、Rは今、副社長室でテレックスを見ていると言う。私はRと自分との関係を話して、私用でおじゃまして申し訳ありませんが、決して急ぐ用事ではないのだから、只、私から電話があった、ということだけ伝えて下さい、と言った。

「それは、それはRさんも、お目にかかりたいだろうと思います。只今、どちらにお泊りですか」

相手は如才ない。

「オリエンタル・ホテルです」

私は電話を切ってから、一時間、待ったのである。それから、うかうかしていると、午前中にどこへも行けなくなると思って、外へ出た。タクシーでルンビニー公園へ行ったのであった。ドンムアン空港での三時間の大休止後に、近衛師団の兵たちは四、五十人の白服の日系人のうち振る大きな日の丸の旗の歓迎の中をルンビニーへ入ったのである。その夜、星が空にぶら下っていた。ルンビニー公園に夜営した団たちは、天国のような朝風に眼を覚ます。やがて公園内に、タイ風のとんがった屋根の恰好をしたテントが張られ、在留日本人会の婦人たちが、湯茶の接待を始める。炊事を手伝ってくれる女学生のスカーフが風になびく。南方で育った娘はのびのびしていい、と団は感じる。タイの女学生が花束を持って来た、という噂も伝わった。つばの広い帽子が、古里の女学生とは違ったハイカラさを見せている。

ルンビニー公園には鹿がいる。私は水辺をしばらく歩いた。微かに頭痛がするのは、暑さのせいかも知れなかった。『十時頃になると、急に火がついたような暑さが加わって』と団も書いている。

私は一時間ばかりでホテルに帰った。当然、ホテルの名前も教えたのだから、Rから電話があったろうと思ったが、フロントには何のメッセージもなかった。私は食堂で、ビールとクラブハウス・サンドイッチを食べて部屋に帰った。そしてまだ微かな頭痛がとれなかったので、シャワーを浴び、頭痛薬を飲んだ。昼寝は必ずするように、と数人の人たちからすすめられていたので、私はそのままベッドに横になった。函のような部屋である。どう思いなおしても、おもしろくない。

そうこうするうちにも、私はRからの電話を待っていたのである。別にRにバンコックを案内させようとか、R家へ招んでもらおうとか思っていたのではない。しかし知人に一人も会わないままにその町を去ると、それはまるでシネラマの光景のように、永遠にひとごととして終りそうであった。私はRが会社の帰りにでも私のホテルへ寄って飯を食べてくれるか、その閑もなければ、せめてビールの一ぱいも飲んで行ってくれることを望んだだけなのである。

私は頭痛の消失と共にうまい具合にまどろんだのだが、その間にも、電話のベルで起される、ということはなかった。私は一時間半ほどで目覚め、体がかなり気候に馴れて来たことを感じた。私は起き出し、むっとした、冷房機の排気だけを集めたような暑い町に、再び出て行った。

トロカデロ・ホテルの位置は、ホテルの男に訊いてあった。例の赤子を抱いたインド女は、やはりアーケードの柱によりかかっている。トロカデロは、繁華街に面していた。遠くからでは一見してホテルとさえ見えない。古いオフィス用のビルに思える。

今は誰が持主か知らないが、団の手記によると、当時このホテルはスウェーデン人の経営になるものだった。バンコックにおける近衛歩兵第五連隊は、警備がその主たる任務であった。敵性の在外公館や、その物資を収めてある倉庫を接収する。トロカデロ・ホテルは敵性国人の収容所に指定されたのだが、そのために、団たちはバンコック進駐の翌日、このホテルを検索したのである。

『生れて初めて、映画でみた場面のようなことをした』

団は書いている。映画で見たようなとは言うが、本当はギャング映画のような、と書きたかったのではないかと思う。彼らの小隊は、ホテルのマネージャーを引き立てて、合鍵で各室のドアを開けた。ノックは一応したのだろうか。恐らく反抗を恐れてしなかったのだろう。なぜなら、最初に開けた部屋に、団は生れて初めて、全裸で眠っていたらしい男女を見たのである。まだ若い二人であった。枕の上に金髪がこぼれるように散っていた。男は一瞬、獰猛《どうもう》な表情で、女に何か言った。女はシーツをかぶろうとした。しかし、すぐに二人は全裸でベッドから追い立てられた。

団はその時、初めて《外人》の女を見た。性的な好奇心と共に、彫刻を見るようであった。その部屋には、腋臭の匂いが立ちこめていた。団にとって、それは書物からではない、生れて初めての感覚的な西欧との出会いであった。外人の女はまだ若そうに見えるのに、乳房が早くも垂れぎみであった。

そのような穏やかな部屋ばかりではなかった。一人の英国人は、ドアが開かれるや、素早く脇のテーブルにあったピストルを構えた。団の手はそれまで、武器を持ってはいたが、おざなりであった。思わず、団はきっかりと武器を男に向けた。相手が撃ったら、必ずこちらからも撃ったろう、と思う。そして団は、そのことを、よくも悪くもないきわめて人間的なこととして認識する。

『今次大戦ではないかも知れないが、もっと普遍的な意味における、人間の戦いの意味を思う。

戦いなくして済むと思うのは虚偽的である。しかし、戦いのみにて、解決できると思うのもまた愚かである』

と団は書いている。

宿泊人たちのうち、連合国人だけはホテルのロビーに集められる。戦争のさなかの小さな一こまである。

トロカデロの中に入ってみる代りに、私はちょうどホテルの前にあるアメリカ式の喫茶店に入った。幸いに窓の傍の席が空いていたので、私はそこに坐ってライム・ジュースを飲むことにした。オリエンタル・ホテルのフロントの男の話では、ここ十年ほどの間に、バンコックの繁華街もひどく変ったという。それはごく普通にとれば、タイの経済的進歩と繁栄を意味しているのだと思う。三十年前の高級ホテルは、旅行でいい目をしたい観光客には、相手にもされないほどの設備のおくれたホテルになり下った。当然、このあたりの町並みは、今と比べものにならぬほど低く、まばらだったのであろう。バンコックのこうした目抜き通りだけでタイを考えることは厳しく戒めねばならないが、若い娘たちは高い靴をはき、姿勢がよく、腰つきが実にすがすがしい。若い男たちは細いズボンをはいているので、脛のあたりが貧弱に見えることすらあるが、体つきも総じて引き締っていて、ぬけ目のない表情をしているのも多い。

団がこの土地にいた頃も、このような脚の長い青年男女がいたものかどうか。只、団はもし平和が来たら、ヨーロッパへ行ってみたいと心から思ったのだ。団は英文学を学んだ。ラドヤード・キプリングなども当然読んでいたであろう。もちろんタイは英国の植民地になどなったことはない。しかし、サイゴンでは、フランス領植民地の姿を見た。このあたりまで来ると、植民地になることは如何《いか》なることであるか、ということがきわめて想像しやすくなって来る。植民地を見れば本国を見たいであろう。善き意志も、黒い情熱も、共に或る時は人間を生かし、或る時は人を殺すのである。いや、植民地時代の英仏人の中には、そのことが、アジア人を生かす道だ、と清浄なほど信じていた人もいたのだろうから。団のそれ迄の知識の多くは書物から来たものだった。団は読書によってかなりのことがわかり得ると信じていた節がある。しかし、初めての「官費旅行」をして、現実はそれほど図式的なものではないことを、知った。

白人の、有色人種への優越感の強さは、日本人には想像もできないほどだということを、彼はサイゴンや、アンコール・ワットや、バンコックの町で初めて、日常性の中に見出したのである。そして、しいたげられている人々は、そのような形で自分たちの上に圧力をかけて来る相手に対して、憎しみと諦めと同時に、強力な憧れを持っていることにも驚かされたのである。実に、憎しみのない愛もなく、愛という言葉におき換えられる関心を持たぬ憎しみもないことに、団は揺さぶられたのである。

私は、喫茶店を出るとしばらくぶらぶらと町を歩き、六時半近くになって、冷房のよく効いた中国料理店へ入った。その店の名物だという蟹の爪をぶっかいて脂っこいソースで煮たような料理は、なかなかおいしかった。しかしそれよりも、私が外へ出た時、日はもうかなり暮れかけていたが、私は燕の群れに驚かされた。彼らは蚊柱のように飛んでいた。頭上を見ると、電線が太くなっているように見えるほどびっしりと彼らが並んでとまっているのが見えた。路上には、白っぽく見える糞が点々と落ちていた。私は用心して電線の真下を避けて歩き出した。

三

近衛歩兵第五連隊の兵たちが、いよいよマレー・シンガポール作戦に参加すべく、バンコックを発ったのは、昭和十七年一月四日から八日にかけてである。

その直前の一日、中隊はバンコックの市内見物に出る。王宮、ワット・ポー、エメラルド寺院、毒蛇研究所。彼らは当時、チュラルンコン大学の歯科の建物に入っていた。連日の猛訓練、警備任務を忘れて、彼らは一日、修学旅行の中学生のように嬉しがった。「官費旅行」という言葉が流行したのも、実感があったからであろう。団はバンコック市内であちこち掘り返されていることを書いている。ピブンの政策によって、土木工事ブームの最中で、市街道路の舗装が流行していたのである。『日本よりすごい』と団は思わず書きつける。男たちは暑いのにネクタイを締めている。ネクタイ運動、戴帽運動というのがナショナリズムの一つの動きとしてはやっていた時代であった。

彼らが列車にのりこんだのは、バンコックの南にあるバンスウという駅からであった。当時のタイには自動車道路がない。鉄道は、鉄道馬車から脱皮して間もなくだと聞かされ、日本の国鉄のように正確には行かないことは覚悟する。しかし、午前五時に出発の予定に間に合わせるために、兵たちは前日から駅に詰めているのに、明け方には汽車は全く出る気配はない。団たちは何も知らないのだが、日本軍は二十六輛編成を要求し、タイ側は二十輛以上は無理だと言い張ってもめていたのである。鉄道隊の下士官が駅長を軍刀で脅したが、暫くすると駅長も機関手も見えなくなっていた。恐れをなして自宅に逃げ帰り、隠れていたのだという。やっと通訳と士官が駅長を見つけ出して連れて来た。

その間兵隊たちはじっと待っていた。午前中には出るだろうという噂が伝わったが、正午を過ぎても、汽車は動き出す気配もなかった。結局十六時間おくれて、その日の夜に入ってから、二十輛編成で彼らは出発したのである。私はこの話をおもしろいと思う。タイ人というのは、弱そうに見えても、実にしぶとく強いのだろうと思う。バランス・オブ・パワーの使い方が、日本人以上に巧みなのである。

しかし私は、時間通りにバンコック駅へ行った。シンガポール行きの国際列車が、明るい西陽の中に待っている。嬉しいことに、車体はどこ国製かわからないが、やや古めかしいヨーロッパ・スタイルのコンパートメントで、幅も長さもたっぷりした二段ベッドと洗面台がついている。窓はあまりよく磨いてないが、これから四十時間ばかり、ゆっくりと休めそうである。車内の端にトイレとシャワーの部屋があるから、汗まみれで、二日を過さねばならないということもなくて済みそうである。

私は荷物をしかるべき所に収め、ふとRのことを考えた。バンコックに三泊した間に、ついにRからは何の電話連絡もなかった。病気ではなく、元気にしているらしいとわかったのだからそれでいいのだが、万事ぬかりのない商社の同僚が、伝言を忘れたとは想像できない。すると、Rは、外部の者には説明できないほどの問題をかかえていて、とうてい私に会ってのんきな話などできる心境になかったのだろう。副社長室でテレックスを見ている、と言った。そのテレックスの内容はRにとって、かなりの重荷になるようなものだったのだろう。私はRの不幸を感じた。いや、Rのような恵まれた商社員にすらついてまわる、憂鬱な現実が悲しかった。

汽車は定刻に出た。私の乗った一等の車輛は最後尾で、車掌はインド人である。走り出して間もなく、冷房の効きがあまりよくないのを発見した。走り出したら少しはいいかと思っていたのだが、一向によくならないのである。インド人のボーイを呼んで言うと、椅子の上に靴のままのっかって、あちこち押したり引いたりしてみている。しかし、あまり変化は感じられない。この次、何とかいう駅でメカニックになおさせるから、ということがわかるまでにかなり手間どった。バンスウ駅はどうしたと言うと、もう過ぎた、と言う。やれやれである。

やっと落着いて、私は外の景色を眺めることにした。バナナ、ココヤシ、パパイヤの木が目立つ。タロイモの生えている湿地のような畑があり、広大な焼畑が拡がっている。青みどろのような植物が、びっしりと繁茂した沼が見える。夕陽の中を、白いシャツを着た学生が、自転車で学校から帰って来る。竹林。そして乾いたブッシュに夕陽を受けて、桃色に見える牛が、のっそりと立って汽車を見ている。

汽車は時々、小さな駅でも停った。しんかんと音がない。団たちの汽車はこれよりもっともっと頻繁に停った。水を補給したから、カマの温度を上げるために少し待ってくれ、という時もあったし、機関手が小用をたすために停ったこともあるという。団たちはいらいらする。これがタイのいつものやり方なのか、それとも日本軍に反感を持っていて、今の言葉で言うなら、順法闘争をやっているのか判断がつかない。しかし彼らは時々沿道の人々から、日の丸を振ってもらうことで慰められる。日本の国旗の日の丸というのは、最高のデザインである。一色刷りですむし、どんな子供にも描けるからである。もしこれがブラジルの国旗程度に複雑だったら、彼らは旗を振ってもらえなかったであろう。

日は次第に暮れ始めた。ラチャブリという駅に停る。兵営が見え、高いテレビ・アンテナがにょきにょき生え、夜はすぐそこに迫っている。

私は、食堂車に行くのもめんどうだったので、ボーイに焼飯とビールを持って来てもらった。焼飯には、別の小皿に小さなよく効く唐辛子の実を五、六粒浮かした酢をつけて来る。それを焼飯の上に、ちょいちょいと振りかけるのである。唐辛子は私は避けた。小さいから大したことはないだろう、と思って、一度齧《かじ》ってみたことがあるのだが、喉の筋肉がひきつりそうであった。

私は鉄路の響きを聞きながらゆっくりとビールを飲み続けた。地球上の総ての人間が、他人には何もろくなことをしてやれないのだから、と思った。団も一人で生き、一人で死んだ。「運命に弄《もてあそ》ばれて」などと言いたくはないが、この同じ道を運ばれたことは、弄ばれたとしか思えない。それは団の意志とは、徹底して無関係であった。人間は、自分の意志のないことをもたやすくできる。そしてそこで、残虐と、崇高な自己規制の両方の極を体験しうる。

冷房は遂にこのままか、と思っていると、やがて、或る駅で「メカニック」らしい男が乗り込んで来て、がちゃがちゃやっていたが、十分ほどでOKと言う。大して効くようになったとも思えないが、まあ、こんなものなのであろう。前よりはいくらかまし、という感じである。代って、インド人が食堂のボーイを連れて皿を下げに来る。ビール共で千円近くを請求された。少し高いように思ったが、これは後で法外な値段だということがわかった。インド人がベッドを作ってくれる。私はシャワーも浴びずに横になった。ビールがよく効いて、瞼《まぶた》が重い。やはり汽車に乗るまでがけっこう疲れたのだろう。乗りものの揺れは、いい催眠剤であった。月が出ていたならよかったのにと思いつつ、私は間もなく眠った。

5

一

マレー半島は、南北約千六百粁《キロメートル》である。半島の東側は当時も、未開発地帯が多かったため、日本軍はシンガポールに迫る場合、東海岸のタイ領シンゴラから上陸しても、西海岸にいったん出て、そこから自動車道路を使って南下しなければならなかったのである。十一月から三月までの間は北東季節風の吹き荒れる時期といわれ、南シナ海に大波をうち寄せ、ひどい雨によって低地をまたたく間に泥沼にする。

当時でも鉄道は米ゲージの単線がバンコックからシンガポールまで続いていた。

その頃マレーにいた日本人の最も多い職業は理髪屋と写真屋であった。ごく少数ではあったが、ゴム園を持っていたのもいる。

その当時の日本が、マレーについて、何らはっきりした情報を持ち合わせずに戦ったことは驚くべきものである。彼らは地図さえもろくろく持っていなかった。バンコックからシンガポールに至る鉄橋のうち大きなのは、バンコックのラーマ六世橋と、ペラク河にかかる橋であったが、ペラク橋が水面から約十二米《メートル》の高さにかけられていたこと、これが爆破された場合には、補修に二週間を要することがわかっていたのは、満鉄調査部のバンコック鉄道公館が収集した情報によるものといわれる。

開戦前の昭和十五年九月十日、参謀本部作戦班長・谷川大佐と国武少佐がシンガポールにやって来た。彼らは私服を着、新聞紙をつめたカバンをたずさえて、いわゆる外務省伝書使《ディプロマティック・クーリエ》らしく見せかけていたが、その主な目的は、マレーの海岸線の調査だった、と言われる。幸いにも、彼らはシンガポールで、はなはだ有益な人物に会うことができた。

それはシンガポール市のプリンセップ街に住んでいた山川という老人であった。山川老は陸士の九期で、日露戦争当時、姫路連隊の中隊長として常陸丸に乗り込んだ。この船が、朝鮮海峡でウラジオ艦隊に沈められた時、山川大尉は気を失って海の中にほうり出された。彼はロシア軍の捕虜になってペテルブルグに送られたのであった。一たん捕虜のはずかしめを受けた以上、二度と生きて日本に帰る気はない。明治三十九年、日本へ送還される途中、船がシンガポールに着いた時、彼は脱走した。マレーのゴム園にもぐり込んで働いたり、鉄鉱石の採掘などにも従事した。そのために山川老人の手許には、マレーの地理に関する、かなりの量の資料ができ上っていた。マレー半島を北から攻めるほかはない、という決定はその時もなされたらしかった。シンガポール島の東西と南の海岸は防備が堅固である。しかし北側には、殆ど見るべき防備がない、というのが三人の一致した意見だった。そしてこれはまさに当を得た、結論だったのであろう。

私はその夜、バンコックからクアラルンプールへ向う汽車の中でかなりよく眠った。時々眼を覚ますのは、汽車が停っているからであったが、それはかつての弟の団たち、近衛師団の兵たちの旅のように、いつ着くかわからない、という不安に満ちているわけではないから、私は、マレーの夜の静かさを味わっていた。鉄道というものはおかしなもので、私はまさに三十年前の弟とぴったり同じ線上を移動することができたのである。

目が覚めて、私は煙草を吸った。ここまで来ると、風景が優しいせいか、なぜか、戦争美談というものが逆に嘘のような気がして来た。団たちがここを南下するより約一ヵ月前の十二月十日、かの有名な、レパルスとプリンス・オブ・ウェールズの二隻の英艦が沈んだ時の話である。この二隻をやっつけたのは海軍の中攻機であった。一時間二十分の後にレパルスは転覆沈没、プリンス・オブ・ウェールズも更に五十分後には沈んだ。

イギリス空軍のパイロットはその現場を飛んだ。すると、何千人という人々が、二隻の戦艦からほうり出されて海に浮いていた。このアッティウィル大尉という人物が、彼らの頭上を低く飛ぶと——それは恐らく、勇気づけるためだったろうが、彼らは一せいに手を振ったり親指を立ててほめたりした。危機にいる筈の人々が、「休日にブライトンの海岸に寝ころがりながら」低空飛行をする飛行機を眺めているように、手を振ったり、冗談を言ったりした、というのである。

私はこの話を、東京では信じていたのであった。しかし、ここ迄来ると、ことはそんなにおきれいごとだったろうか、と思うのである。少なくともレパルスにとっては、人間の被害は大きかった。兵員千二百四十人中、生き残れたのはたった七十五人である。日本の飛行機は、イギリス駆逐艦が救助作業をするのをさまたげなかった、という記録もある。

「われわれの任務は完了した。作業を続行されよ」

と彼らは打電して来た、と書かれたものもある。これは最後について行った偵察機か、いや偵察機でなければ、もう攻撃しようにも弾薬のなくなった飛行機だったのではないか。

私は、これらの話に、けちをつけたがっているのではない。何故か、この暑さ、この平板な現実の中にいると、たとえ心の中で、そのように感じたとしても、何も言わなくなってしまうものではないかと思うのである。

私は間もなく朝食を摂りに食堂車に行った。長い車の通路を歩いて行くと、これらの車輛は、おもしろいほど寄せ集めだ、ということがわかった。日本で何となく見馴れたような感じの車輛もあった。それは輸出用に作られた日本製で、寝台車の間仕切りは明らかにヨーロッパ式にコンパートメントになっているのだから、見馴れた、と感じたのは、車室の材質や細かい部分の造作なのであろう。

食堂車は恐らく英国製の古いもので、網棚はいっぱいである。つまり食事の時でも、不用心で、荷物を置いておけない、と考える人々が多いのだろう。朝食はパン二枚とバター、目玉やき、赤い色にそめてあるソーセージとロースハム三枚。バナナ一本、それに紅茶である。パンは切り方が恐ろしく厚い。いわゆる洋食風朝飯なのだが、どことなくアジア風にくずれている。英国人が、初めてアジアに赴任して来て（私はいったいいつの時代を想定しているのか、一向に明確でないのだが）この食事を食べる時の悲しみを想像した。英国人全部が、シンガポールを英領にするのに功績のあったラッフルズのような精神を持ち合わせていたわけではない。

アジアには、明晰なもの、透明なもの、きらきらしたものがない。さわると端っこが痛そうに見えるほど鋭く切った厚切りパンのトーストとか、黄金色のマッフィンとか、真白いテーブル・クロースとか、そういうものは見られなくなる。すべて我々の持つのは、それらのやさしい類似品である。

朝飯のバナナを眺めていると、しだいに陽が匂って来るようであった。私は普段あまりバナナナというものを食べない。この果物にも実にさまざまな種類があり、動物の飼料用というのまであるそうだ。それはぼくぼくで、甘味も酸味もねばりもないという。バナナの味を決するのは甘味より、むしろ酸味だという話を聞いて、なるほどと思ったことがある。この食堂車のバナナはどの程度、人間の食料用の味をしているのかわからないが、私は何年ぶりかで、バナナを口にしたのである。

団たちはマレー半島で、バナナを食べた。熟しているのばかり手に入るという幸運は滅多にないから、青いのもゴムの木の枯葉の下でむし焼きにして食べた。すると、口の中にねばねばが残って、後味の悪さに閉口したという。アジアはそういう形で、いつもそこで生活しようとする人間をだしぬく。

煌《まばゆ》い朝陽が、古めかしいくすんだ食堂車の内部に、くまなく照りわたるように感じられた頃、私の前の席に、アメリカ人の若い男女が坐った。明らかに夫婦ではない。男はヒッピー風(という言い方をするのは、老人のせいだといつか言われたことがある。今はヒッピーでなくても、男がもじゃもじゃと長い髪をしているのが普通なのである)のヘヤースタイルをしていて、細い縁の眼鏡をかけている。女のほうも、私の妻がよく言う、乞食風である。インド製の織物のズダブクロをハンドバッグ代りに持ち、男の丸首シャツ様のものを着て、下はブルーのジーパンである。

マレー風、或いはタイ風の朝食というものがあるのかないのか、とにかくまわりを見廻しても、皆、私と同じものを食べている。前の二人の前にも同じものが出て来た。下らぬ興味だが、私の斜め前に、マレー人が二人ばかりいて、彼らは恐らく回教徒だと思われるのだが、私の眼の前で平気でハムを食べている。ハムは回教徒の食べることを禁じられている豚肉製の筈だが、昔、どこかで読んだ植民地時代の話を思い出した。或る英国人が、インドで、自分の使っている回教徒が悪いことをしたので、おしおきに豚肉を食べさせた。その屈辱と罪悪感に耐えかねて、二度と悪いことをしないだろう、と思ったのだ。ところが、この回教徒は、拷問にひとしいこの懲罰の塊をのみこんでしまった。

《どうだ、わかったか。これからも悪いことをしたら、又、豚肉を食わせるぞ》

英国人は言った。

回教徒はまだ、恍惚の中にいながら呟いた。

《旦那、これからも、度々、おしおきをして下せえ》

これと対をなす考え方は、ヒンドゥ教徒が牛肉を食べないことである。私の知人は、インドのヒンドゥ教徒の財界人を東京のスキヤキ屋に招待した。招く前に、相手に意向を聞いた。すると、先方は《ホワイ・ナット?》と答えた、という。ホワイ・ナットという英語は、私には、うまく訳せない。《なぜ、いけないかね》というような感じであろうか。私の知人はあからさまな男であったから、スキヤキ鍋を囲んでからもなお、しつこく尋ねた。

《ヒンドゥ教では、牛は聖なる動物だから、食べていけないと言われているのではないか》

するとインド人は答えた。

《聖なるのは、インドの牛で、日本の牛ではない。インドの牛は灰白色のコブ牛で、外見からして、日本のとは全く違う》

私はこういう話が好きである。それはインド人やマレー人がいい加減だからではない。人間の考えること——それを一般には人情、と言うのだろうが——は、あまりにも似ているからである。

突然、前の髪の長い男が私に声をかけた。

「ちょっと伺いたいのですが」

私は英語を細かく判断する力はないのだが、何となくそれほど無造作ではない口調で言った。

「きのう、あなたの車室の冷房はどうでしたか?」

「ききは悪かったですよ。初め故障してましてね。それから、なおした筈だけれど、まあ、あまりききませんでした。只、私は、どちらかというと冷えすぎるほうが困るので、ちょうどいいくらいだったと言うべきだろうと思います」

「どの車輛ですか?」

「一番後尾です」

私は答えてから、

「あなたのも、きかなかったのですか」

とひとり合点した。食堂車の気温も、まだ早朝なのに、どちらかと言えば、生ぬるい感じだったからだ。

「いや、われわれのは後ろから三輛目です」

「日本製のです」

太った丸首シャツの娘のほうが言った。悪気のない言い方である。例の何となく見馴れた感じの新しい車輛にこのカップルはいるらしい。

「それでは、昨夜は列車全体に冷房がきかなかったのですよ」

私は慰めるつもりで言った。

「いや、ききすぎましてね。冷蔵庫の中にいるようでした」

「車掌に言ったのでしょうね」

「言ったのですが、もうそれ以上、弱くならない、と言うのです。私たちはあらゆるものを着て寝ました。しかし寒くて、こごえ死ぬかと思ったほどです」

例の窓が開かないようになっているシステムの車輛では、この大地全体をおおっている、確実な暖房を導入することさえできなかったのだ。

私はこの小さな一事をもってして、結論を出す気はない。世の中は信じがたいことが平然として存在するところだから(私はその感覚が実に好きなのだが)列車車掌が、実は、何年間もその車輌の冷房の調節スイッチの扱い方を知らない、ということだってあり得るのである。しかし、日本製品にはそのような傾向がなくはない。たとえば、私の愛用する電気毛布は、何やらたくさんの目盛りがついているのだが、一定以下の目盛りに合わせておくと、もう電気は停りっぱなしである。サーモスタットは形ばかりなのだ。冷房機にしてもそうなのかも知れない。送風量の目盛り(だと思うのだが)を或る程度以下にすると、冷房の作用は果さなくなる。それならば、それらの役に立たない、お体裁だけの目盛りをつけるのはやめたほうがいいのではないか。私は、善きことであれ、悪いことであれ、力がないのに、力ありげによそおうことは嫌いだ。

私は、相手の言葉を聞きながら、「それは、それは」と言った。日本製の冷房のききの悪さ(このような状態もれっきとしてききの悪さである)を日本人として謝るつもりはなかった。第一、この青年は、丸々としたロースハムの如き娘を連れている。この娘と抱き合って寝ていれば、大ていの寒さはふせげようというものである。

二

団たちはこの鉄道で四十時間あまり揺られて、ハジャイに着いた。団は終着駅と書いている。が、それはまちがいで鉄道はまだはるか南まで続いている。ここで彼らは自動車＝トラックに乗り換える。午前九時に出発した。すさまじいオーバーローディングだったので、トラックは悲鳴をあげながら、赤土の坂をのぼる。

　この汽車もハジャイに二十分ほど停るので、私は汽車から下りてプラットホームを散歩した。駅構内に入って来る時、タイ風の角をつんつんつき出したような屋根を持つ寺が見えた。タールを塗ったバラック風の長屋もあった。しかしエッソの石油タンク、跨道橋《こどうきょう》は団の時代にはなかったであろう。

　駅前には杉に似た林がある。空が染めたように青く、雲が又、約束ごとのように白い。大きなマンゴーの木の下に茶店が出ているのが見える。

　このハジャイは当時Ｆ機関と呼ばれていた藤原機関が、ＩＩＬ（インド独立聯盟）の指導者・プリタムシンと接触したところである。私は不勉強で、未だに、彼らの真意がお互いに奈《な》辺《へん》にあったのか、推測するだけの本さえ読んだことがない。プリタムシンはインド独立のために日本帝国主義を利用しＦ機関側は、各戦場からインド軍を脱落させるためにプリタムシンに近づいたのだと言われているようだが、私は人間の心をそのように単一に考えることにもためらいを覚える。誰にも純粋な想いがあり、その個人的な夢と愛とロマンチシズムを、現実に功利的に利用しようという人間がいつの時代にもいたことだけは確実である。

今、ハジャイは眠っているようであった。プラットホームには、おこしと同じセロファン入りの菓子、それに焼豚入りのタイカレー風のものを売っている。タイカレーは私の口に合う。そのココナツのミルクが青臭いという人もいるが、私はタイの風土の優しさを、その味にみる。その上、タイカレーを盛りつけてある器がいいので食欲はなかったが、一皿買った。名前は知らないが、木の葉を小さな茶碗型にして、小さな竹の切れっぱしでとめてある。民芸品である。「旅にしあれば」という思いであった。

団たちの車輛は、サダオという町でマレー領に入り、急に道がよくなったのに驚く。しかし汽車の場合は、マレー領のパダン・ベサールという駅で入国手続きが行われた。税関の男が乗り込んで来て、一応鞄など調べるが、車室の中までくまなく探すということはない。インド人の車掌が、私の枕の中に麻薬などしこんでいたら、私は彼の密輸に一役買うことになるだろう、と思われる。

パダン・ベサールの入国の際には、少しばかりおもしろいことがあった。よく絵本に出てくるような、小柄で太って、頭にターバンを巻いているインド人の青年がいた。絵本では、インドの王《ラジヤ》さまか何かの風丰《ふうぼう》である。しかし、この男は王さまと違って衣服がひどく貧しげである。まず、この男はタイ語も、マレー語も英語もわからない。髪をきれいになでつけた中国系のマレーの入国管理官が、いささかバカにしたように三つの国語のどれができるか、と疑うように聞く。

小男はうすら笑いを泛べて、ターバンの頭を横にふる。

「ノウ。ヒンドゥ」

ヒンドゥ語だけ、ということらしい。

入国管理官はしらじらと黙る。十秒ほどして、彼は心を立てなおしたように英語で尋ねる。

「金はいくらもっているのか」

小男はわからない。マネー、マネーと言われてやっと財布を出す。入国管理官はくたびれた財布の中身を全部ひきずり出した。五十五マレー弗《ドル》と、あとタイの金《バーツ》がほんの少々。男は一万円も持っていないことになる。

「どこへ行くのか。ペナンか、クアラルンプールか?」

「ペナン、クアラルンプール」

と、小男は答える。ペナンを経てクアラルンプールということらしい。

「これっぽっちの金で、どうしてペナンで下りて、クアラルンプールへ行けるか?」

私は、まわりの人々を見廻した。誰もが、この思いがけぬ寸劇を見守っている。いかなる脚本家も、いかなる名優も創れない芝居かも知れない。そこにいるのはアジアという主人公である。歴史と文化が服や小道具になって、ターバンの王様に巻きついている。

小男は、ペナンにいる友人《フレンド》の家に泊ってそれからクアラルンプールの親戚に行くのだ、ということが、やっとわかった。どうしてわかったのかというと、管理官が「親戚《レラティブ》か」と言ったら「イエス」と答えたからである。それ以上は致し方ない。男はパスポートに判コを押してもらう。

うらうらとした風景が続いた。おだやかな村《カンポン》。巨大な竹やぶ。首つり人を思わせる実のつけ方をしたカポックの木。犀《さい》のような牛。水田とアヒルの群れ。

ジェイムズ・リーサーは、こんなふうに書いている。

「マレーのイギリス部隊は、特殊な目的のために訓練されて来たが、それに対しては＝無感動＝の状態であった。ソ連兵たちはスターリングラードで死んだ――これは、祖国ロシアのために死んだのだ。事実としては多くの勇敢な兵たちは死んだが、シンガポールのために初めから死ぬ気になっていたイギリス兵は、一人もいなかった」

私はこのような記述も、そのままは受けとり難い。それは、或る人が、或る時、私に言った言葉と関係がある。

《おもしろいもんですな。特攻機がですよ、片道分のガソリンしか積んでなくても、何とか自分だけは生きて帰って来るような気がしてた特攻隊員はけっこういた筈なんですよ》

シンガポールのために死ぬ気になっていた兵が死んだのなら、私はむしろ気楽である。死ぬ気がないことのために死んだ人々が私の胸をしめつけるのである。

「マレー人の大部分は、無感動であった——戦争は『彼らの頭の上で戦われた』のであった」

とリーサーは、ソール・ローズの言葉を引用している。

団たちの車は間もなく、アロールスター平原にさしかかった。遺棄されたトラックや破壊された家が沿道に見える。それは初めて嗅いだ戦場の匂いだった。それがアロールスターにある飛行場を守るための「ジットラ・ライン」なる陣地で、十二月十二日の夜、第五師団が、スコールをついてあっさりと突破してしまったものである。パーシバルはこのジットラ・ラインを死守することを命令していた。人間の言葉の虚しさを示す小さな例がここにもある。

「この試練のときに当って、軍司令官は、あらゆる階級のマレー軍指揮官に対して、マレー並びにその近隣諸領の防衛のために、決然として努力することを、要望する。イギリス帝国のすべての目が、われわれの上に注がれている。極東におけるわれわれの地位全体が、危機に直面している。戦いは長期にわたって厳しさをきわめるであろうが、いかなることになろうとも、断乎として立ち上って、われわれは、われわれにかけられた、偉大な信頼に値するものであることを、今こそ示そうではないか」

この呼びかけも、シンガポールから千粁はなれたゴム林の中では、兵たちにおそいかかる蚊ほどの刺激も与えなかったのであろう。

信じがたいことだが、第二十五軍司令官・山下奉文さえも、このジットラ・ラインの存在を知らなかった。

再び、ここで、地図について、リーサーは私に興味ある知識を教えてくれる。ジットラ・ラインは一晩で落されたのである。守っていたのは、第十一インド師団の第六と第十五旅団である。イギリス軍という名のインド人部隊は弱かったか。いや、リーサーはそう判断してはいない。インド兵たちのうち、優秀な将校や下士官は補充兵の訓練のためインド本国へ帰されていた。むしろ本国を離れていたインド兵たちは、異なった宗教を持ちながらよく結束していた、といわれる。とにかく、このジットラ・ラインで日本軍は膨大な量の、火砲、車輌などを得たが、そのほかに手に入れたのは、血まみれの地図であった。それにはイギリス軍の参謀将校が、ジットラ・ラインの精密な構図を書き入れてあったのである。

「日本軍は、彼らの戦っている地域の詳しい地図を持っていなかった。イギリス軍は持っていた――ただしその多くが一九一五年版のもので、ゴム園の小路などは、古いものしかのっていなかった――それは小学校の地図からうつしたという日本軍のものよりは、はるかにまさっていた」

とリーサーは書いている。

マレーが、細く長い地形であったことは何という幸運だったろう、と私は素人くさいことを考える。ろくな地図もない（しかも団たち一般の兵は、小学校の地図すらも与えられていなかった）軍が、満州や支那大陸で追撃戦をしたらどうなるだろう。彼らは目的地につく迄に、はぐれてしまったかも知れない。幸いなことに、マレーは海岸ぞいに南下すれば、いやでもジョホールに着くのである。

私がアロールスター駅に着いたのは、午後三時二十分であった。紅《あか》い夾竹桃がしきりに咲いている。少し駅を出はずれると、牛をひいたワンパク小僧が、明らかに車窓の私に向ってVサインを送った。

団たちはここに、一月八日の午後に着いた。もっとも泊ったのはクリムという町だという。その日は一日に百七十粁を移動した。翌朝も、未明に出発している。

『おもしろいことを、お知らせします』

と団は当時、母あての手紙に書いて来ている。

『ご承知のように、部隊の小休止はほんの数分間で、しかも兵たちは、いろいろとしたいことがあるものです。中でも食糧に関する欲求は明らかなものですから、近くに鳥などいると、みんな、すぐさま焼鳥を連想するのです。

ところで、鶏はどこにでもおり、有難いことに、その所有者も判然としないので、見つければただちに捕りものが始まるのですが……母上の顔をしかめていられる表情が見えるようです……鶏を捕えるということが、いかにむずかしいことか、母上は想像されたこともないと思います。

初め、われわれは、死にものぐるいで追いかけ追いつめましたが、あれは本当に捕まらないものです。そこで、分隊の中に知恵者がいて鶏の捕獲器というのを作りました。くだくだしく説明するより、図を書いておきます』

つまりそれは、ヘヤーピンの一方を長くしたような針金細工であった。ピンが丸くなっているあたりに米を撒く。すると鶏は、こっこっと、餌をついばみに来る。すると、長い針金の一方を持って待っていた男がすばやく引く。すると鶏は脚を引っかけられたまま抜けなくなり、簡単に捕まるというわけである。

『鳥の料理は、羽をむしって、ワタを出して、とお思いかも知れませんが、そんなひまはありません。しかし窮すれば通ずで、又、誰かが、丸焼処理法というのを考え出しました。羽や毛を一本一本抜く代りに、殺したらすぐ、焚火にかざして、焼いてしまうのです。それだけを小休止の間に行うのですから、実に信じがたい早業と言うべきであろう、と思います。

私は母上のおしつけによって、モツなども好きになったので、皆がいやがって食べないハラワタをよく貰って食べます。西洋人は、うまい順に、まず内臓を食い、それから、皮或いは骨、最後に肉と思っているふしがありますから、私は最上のところを食べさせてもらっているわけです。もっとも、そういう話をしても、あまり信じる人は多くありません。

私がもしこれからの苛酷な戦場で、栄養失調にもならずご奉公できたら、母上のおかげでモツを食べられるようになっていたからかも知れません』

私の汽車は、ペナン島をすぐ間近に控えたバタワースという町で四時間停るという。人種的にはインド人であるタイの車掌は、バタワースで交替だと言って、タオルやシーツ類をとりに来た。車輛は同じものを使うのだが、ここで、「タイ鉄道管理局」が「マレー鉄道管理局」に一切をひき渡す、という感じである。

四時間もあるのだから、ぜひ、ペナンへ行って来い、と車掌はすすめる。駅からすぐフェリーに乗れるという。それはあてにしていないコースではあったが、でかけることにした。車掌の言う通り、駅構内を歩いて行くと、自然に船着場に導かれるような感じである。むしろ町のほうへ行くにはどうしたらいいか、見当がつかない。

フェリーから見ると、山があり、手前は低い平坦地になっている。昔から、ここは長い暑い、べた凪《なぎ》のインド洋を経て、やっと辿りつく港であった。インド洋は茶緑色である。島の緑が心をそそるようであった。

ふと人間の業《ごう》のようなものを感じる。何世紀もの間、何故人々は（団をも含めて）水清らかな古里を離れて、茶色の海を渡り、見知らぬ香料の臭気に満ちた土地にやって来るのか。それは今でも同じである。黄色いフェリーは八分間ほどをかけて、ゆっくりと島につくのだが、港にはモーリタニアの船籍を持つモガディシオという貨物船が泊っている。モーリタニアという国がどこにあるか、私は明瞭に知らない。日本船もいた。修理中らしく熔接の火花が黄昏《たそがれ》の中に光っていた。水上民のボートハウスもひしめきあっている。白いパンツひとつをはいた男。狭いデッキの上で茶碗を洗う女。

私はしきりに「性こりもなく」という言葉を呟いている。あのバンコックのメナムの観光船の少年もそうだったが、自分の眼で見える範囲のことだけを確固として信じ、自分から遠い土地にあるものや現にその父祖の苦しんだことは、意外と受け継がないのだ。思えば、幸福も不幸も、人間が相続できないとは、何というおもしろいことであろう。それだからこそ、「希望」があるというものだ。

私は夕飯を食べることだけが、ペナン島での仕事だった。もう見物をするには、日が暮れすぎていた。タクシーが港に並んでいるので、私は律儀に、その先頭の車に乗ろうとした。すると、一番近くにいた運転手に呼び止められた。「アメリカ人が行くようなのでない」本当においしいレストランに連れて行くか、と言うと、そういう店へ案内すると言う。私は車に乗りこみながら、順番を乱して、他の運転手に恐られたって知らないぞ、と思っていた。ところが、彼らは一向に平気である。腕のあるものが客をとる、実力主義である。日本人には最近、この精神が弱まってしまった。制度から守られるミノムシ的人間ばかりふえた。

繁華街の裏の変なレストランである。タイル張りの壁に、陶製の魚がはりつけてある。「アクアリウム」という名前のうちだった。こんなレストランがうまいのかしらん、と思って中へ入ると、まだ客は一組しかいない。薄暗くて顔もよく見えなかったが、喋っているのは日本語であった。

6

一

私は背後の日本語の話声に聞き耳をたてた。こんなところで、いったい何をしているのだろう、という興味は持たずにいられなかった。

二人の男たちの話題は、料理についてであったが、それは心から楽しんでいるふうではなかった。

「まあ、ここらへんの中国料理はくずれていますからね。マレー料理風の味が混って来ていますし」

「ここは何がうまいですか」

「まあ、蝦か蟹の料理ということになっていますが」

ビールの運ばれる前の会話、というものがある。何となくとぎれがちで力ない。

「シンガポールは変っていないでしょうかね。昔と」

一人は旅行者、一人は広い意味でこの土地の事情に明るい男という感じである。

「そうですね、古い町並みで残っている所もありますが、かなり変りましたよ。何しろ、あちこちで埋立てをしてますからね。そのために山の土をけずって海岸へ持って行ってしまう。山がどんどんなくなりましてね」

ボーイが注文をとりに来た。何が得意料理かと聞くと、蟹の爪のブラウン・ソース煮と蝦とキノコの煮たものだという。やはり隣の日本人が言うように蝦と蟹になった。

「しかし、マレーのほうはあまり変っておらんでしょう」

話はまだボソボソ続いていた。ボーイがビールを持って来て、こぼこぼとコップに注ぐ音が聞えて来たから、間もなく、話はもう少し威勢よくなるかも知れない、と私は考えていた。

「そうですね。大都市は変りましたが、田舎はまだまだ、昔のままでしょうね。村《カンポン》の家ではまだ、便所が家の外、という所も多いですからね」

私の前にもビールが運ばれて来た。この薄暗い、ペナン島の裏町のレストランに、客はたった三人きりで、しかもそれが全部、日本人だというのだ。どうしてこうも日本人はべっとりと、東南アジアの隅々まで拡がるようになったのか。私は新たな感慨を抱く。

前にも述べたように弟の団たちが昭和十七年に、ここを南下する時、彼ら兵ばかりでなく、指揮官たちさえこの土地に関する情報を殆ど持っていなかった。マレーに於ては、それはどうにかカバーできた。情報不足を補ったのは、日本人の勘のよさだったかも知れない。

あらゆる仕事に、徹底的に必要なのは情報というものである。それは偏見を避けるためにできるだけ多くの人間によってなされ、しかも冷静に組織的に統合されねばならぬ。時々、日本が国家的規模で外国の情報を収集するのを反対する人々がいるが、それこそ相手国にとって非礼というものであろう。立場を換えてみよ。日本と日本人を何も知らぬ外国人が、適切な政治交渉や経済的判断ができるわけがないであろう。情報を集めて、それを戦いの資とする、と考えるのは、前大戦を知らぬ若い世代の思い上りである。もしあの時、昭和十六年、日本人が、今くらい多くアメリカや東南アジアを旅していて、彼《か》の国々を知っていたならば、恐らく我々は戦わなかったのだ。日本のように資源のない国は戦いを始めて長く続けられるわけはない。己を知るということは、すなわち、恐れを知る、ということである。

私はしかし、背後の日本人の話を聞いているうちに、別の思いにとらわれ始めた。「情報」は簡単に信じてはいけないが、彼らは今、マレーは変っていない、と言った。とすれば、クアラルンプール以南シンガポールまでの間には、団たちが戦った場所が、何らかの形で残っているのではないか。

四時間のバタワース滞在はあっという間に経った。私は汽車に戻り、次の計画を考えていた。

クアラルンプールから、シンガポールまで何も飛行機に乗らなければならない、ということはあるまい。正確な数字はわからないが、距離は三百粁かそこいらではないかと思う。何しろ当時、団のような兵たちが、銀輪部隊と称する自転車部隊で走破できたのだから、自動車でなら、問題なかろう、と思われる。

クアラルンプールに近づいたのは翌朝である。朝靄《あさもや》があった。靄が木々の緑を鮮やかにすることを初めて知った。人間とは、おかしな、愚かなものだ。六十五歳というこの年になっても、まだ発見というものをする。バナナの若葉が瑞々《みずみず》しく、ゴム園は総て、柔らかく朝のしじまを抱いている。

町中のホテルに着いて、私はすぐさまホテルのマネージャーに、シンガポールまで車で行くことは可能かどうか訊《き》いてみた。すると時間といい、車をチャーターする金額といい、それほど私の負担にならぬものが、用意できるということがわかった。

それで私はその日一日を、翌朝のドライヴのために休息し、かつ体力を貯えるために当てた。もっとも、生来食べることは好きなので、再びホテルで尋ねて蝦蟹料理を食べに行った。床がタイル貼りで、猫が二、三匹うろついている店である。ペナン島のレストランと違って、ここは店全体が明るい。テーブル・クロースなどないし、食べがらを床下に落せば、猫共が喜んで、おこぼれにありつく、という計算らしい。ベトナムから帰った友人の話でも、蝦蟹は、(極貧の人々はどうかわからないが）「庶民」が食べられるものだという。香港では蝦を買えない程度の生活者のために、蝦のむいた殻だけ売っているという話を聞いたことがある。それ以来、我が家でも、たまに到来ものの車蝦などあると、身は天ぷらに、むいた皮はだしをとって卵スープを作るようになった。

蝦蟹を食べられるか食べられないかで、別に日常生活の幸・不幸が決るわけではないけれど、戦火に疲れたベトナムの人々を救う運動をしている日本人のほうが、実はずっとつましい食生活をしている、ということもあるかも知れないのだ。もっとも、本当に戦いに追われて家を失った人と、サイゴン市民とでは又、格段に生活上の差があるだろう。そしてまさにその苦しんでいる人々の手に、ベトナム救援の金品が届くかどうかは、甚だ疑問なのだ。

私の考えは、始終、脱線する。私は汽車の中から、眠っているような、煙っているような夕イとマレーの国境の森を見た。それはジャングルとは言いながら、昼なお暗い密林ではなさそうに見えた。私たちが通常恐れるのは、映画でしか見ることのない、昼なお暗いジャングルである。つたのようなものが蛇の如くのたくり、やどり木が生え、下草は人の丈より高く、まさに人跡未踏の別天地である。

しかし、この優しげに見える疎林の中に、実は共産ゲリラがいるという。共産ゲリラ！　そんな簡単なものではなかろう。国境地帯というのは、そもそも、アウトロー（あぶれ者たち）

が生息するのに恰好の場所だ。お互いにいざとなったら、隣国に逃げ出せばいいからだ。そしておもしろいことに、隣国というものは常に仲が悪い。仲の悪い相手国から追い出されかかっている人間を手なずけておけば、情報源としても有効というものだ。

　そして又、この陸続きの国々にとっての国境というのは、何と虚偽的なものか。その土地に昔から住みついていた人々にとって国境を決められることは為政者の身勝手でしかない。この村落は回教《マレー》の村落、ここから向うはタイの村落ということはあったろうが、それらは一線を画して、きれいに国境線の向うとこちら側に並んでいる、という訳ではない。そのにじんでしまったように混り合って住む人間の土地をきれいに分けるということ自体に無理があるのだ。そのようなものが、自然にアウトローの棲息に適した地帯を作る。しかし、それは日本人が観念的に考える「思想をエネルギーにした共産ゲリラ」などというものではあるまい。

　食事が終って金を払った時、私は再び、救ってもらいたいのは我ら日本人だ、と思った。料理の代があまり安かったからである。三皿もうまいものを食べ、ビールも飲んだのに、東京で安ものの鰻丼を食べたくらいしか払わなくて済んだからである。

二

　翌朝、車は九時きっちりに来た。ベンツである。このあたりではベンツはごく普通の車であるらしい。運転手は細い、人の好さそうな男で、回教徒だということがあとでわかった。

近歩第五連隊が、トラックから下ろされて自転車編成を命ぜられたのは、クアラルンプールより少し北のクブロードという所である。彼らの持っていた自転車はイポー市で徴発して来たものであった。機関銃や歩兵砲を乗せるとただちにパンクするという粗悪品であったという。団は母親に書いている。

『部隊は俄かに、自転車屋の観を呈しました。ひどいのをバラして、その部品を他のに使うのです。私は、そういうことは苦手、と思われるでしょうが、実は案外達者で——悪達者というわけには行きませんが——かなり、有能な一人であった、ということはできます』

しかしそれでもなお、自転車は足りない。第一、第三大隊だけが自転車をもらい、第二大隊は自動車のまま追及、ということになる。いや、第一、第三大隊といえども、完全に一人に一台ずつ、というわけにはゆかなかった。中隊によっては、三小隊のうち一小隊は徒歩、という片びっこの編成ができたところもあった。

更にラワンまでの間に、お粗末な銀輪部隊は、もっとばらばらになった。自転車が壊れて進めなくなったものは半数を越えていた。機関銃の脚だけが着いていて銃身は未だ来ていなかったり、歩兵砲の車輪の片側が未到着だったりしている。脚が片方なくては撃つことはできないので、彼らは大休止をとって落伍者を待った。

ラワンで、彼らは道を右手にとる。左へ行けばクアラルンプール、右へ行けば海岸道になり、ここで初めて彼らは第五師団と並んで第一線部隊となったのである。

ここで、私は不覚にも道をとり違えた。つまり、運転手に、海岸道をとれ、と言ったつもりだったのだが、向うもこちらも英語があまりうまくないので、中央道を行ってしまったのである。もうそろそろ海が見えてもよさそうだ、と思う頃になっても、一向に見えて来ないので、聞いてみて、初めてわかったのである。

まあ仕方がない。マレーの道を詳しく見ることは初めの予定になかったのだし、それにもし見るとしても、最初の彼らの戦いの場所は、はるか南のムアルという河口の近くである。今度は地図を拡げてはっきりと、アロールガジャからマラッカへ抜ける道を示してムアルで停るから、と言った。

それから、私は少し眠った。陽がじりじりと地面を焼き始めていた。危ないところであった。私は寝すごすところだったのだ。車はすでにマラッカを抜けていた。普通の人ならマラッカを見物するであろう。運転手もそうしないか、と言ったのだ。しかし、私には見る所がたくさんあるから、と断わった。そのマラッカをとっくに過ぎて、私は最初の探さねばならぬ場所に近づいていた。

ムアル河の北四粁ばかりの地点を左にとると、やがてシロム村という小さな村落がある筈である。運転手に言うと、シロムという村はわからないという。それならば、マチはどうか。シロムはマチの近くなのだが、マチの方がやや大きな村落なのかも知れない。

道は舗装されているが、両側の土の部分は真赤である。前方にオピル山がくっきりと見えている。マチはすぐにわかった。シロムもわかった。聞く他はない。この辺の村の名は少なくとも私の持っている（かなり大きな）地図にのっていないのである。

シロムはのんびりした村である。ニッパ椰子の葉でふいた「藁葺屋根《わらぶき》」風の低い家がある。どの家も裏庭にバナナとココ椰子を植え、下草の中に埋ったように建っている。鶏がこっこっと啼《な》きながら走り廻る。

ここで戦争中、撃ち合いがあったかどうか聞いてくれ、と私は運転手に言った。

「若い人はダメだ。年寄りに聞いてくれないか」

折よく、そこに、回教徒の帽子をかぶった白いシャツの老人が自転車に乗って通りかかった。老人と言っても、無論、私より若い。片眼がつぶれて白濁している。今度は反応があった。老人は頷《うなず》いて何か言い、だだだだと機関銃を撃つ真似をして見せる。

「向うの森の中で、死んだ、と言ってる」

運転手は言った。

「どの森だろう」

老人は自転車を引いて歩き出した。村はずれに回教寺院《モスク》がある。と言ってもバラック風のモスクである。そこが戦争のあとだ、と言う。

「自分は、その時、ここにいなかった。けれどここへ来てから、ここで兵隊が戦って死んだということを知った。インドのパンジャブ兵、三十人が死んだ、ということを聞いた」

運転手はたどたどしい英語で言う。子供たち数人が囲んで、我々を見物している。

「百人じゃないのか？」

私は尋ねた。日本側の記録は約百名の屍体となっている。老人は通訳を聞くと首をふった。あくまで三十人だというつもりらしかった。

「死体はどうした」

「川へ持って行って捨てた」

「川までは？」

「真直ぐだ」

インド兵たちは、当時ゴム林であったこのモスクの跡で、食事中であった。そこへ踏みこまれて彼らは逃げた。団はゴム園の中の硝煙がたなびくのを見る。敵兵の後ろ姿もちら、と眼にした。「しめた」と思った、という。向って来る敵は殺さねばならない。しかし、逃げてくれればそれでいいのである。

団自身は、ここで勇敢な兵ではなかった。何が何だかわからないうちに戦闘は終っていた、という感じである。これが戦争というものなのか、と思う。何しろ、自分の周囲十米ぐらいの距離に起ったことしか、まともに見ていない。いや、それすらも記憶にないことが多い。

私はそこで暫くの間、黙禱を捧げた。パンジャブ兵たちを、私ははっきり言って、一人一人想像することができない。彼ら一人一人に父も母も、妻も子もあったろう、と思いながら、その生涯をどうしても貧しい想像力で思い描くことができない。

しかし、死体を川へ捨てたことがわかったことは、私を喜ばせた。残酷な意味にとれるかも知れないが、そうではない。私は団たちの渡河地点を探していたのである。彼らはムアル市にかかる大きな橋を渡ったのではない。河口より数粁北で、舟で向う岸へ渡った筈である。

私は運転手に、死体を捨てた川の地点へ出るように言った。ゴム林の間の静かな一本道である。血はこぼれなくても、土が赤いのであった。やがて川岸に出る。木の渡し場がある。私はそこに立って両側を眺めた。流れは早くなく、水は、満々と川幅いっぱいに拡がり、そこへ両側のマングローブが、その肉づきのいい川に、食いこむように繋っている。

『母上様、ムアル河を渡った日のことは、私の生涯にとって忘れられない日となろう、と思われます。

ゴム林での戦闘が終ったあと、我々は渡河地点まで来ましたが、舟を探さなければなりませんでした。

私は中隊長と共に、下流に向ってアシの生いしげる中を歩いていました。突然、ボートが見えました。私の目の前で、隊長の背がぴたりと止りました。

十米前に、五人の英軍、つまり印度兵がいました。一番階級の上のは、ターバンを巻き、トミー・ガンを持っていました。そして、一瞬、私は……私たちは、彼らとはっきり向い合ったのです。私は、自分の戦闘能力というものについて、それ迄はあまり懐疑的ではありませんでした。人一倍勇敢というわけにはいかないかも知れないけれど、人並みには戦えると思っていました。私はそのことについては、多少考え続けたのですが、とにかく、我々はここへ戦うために来ているのですし、その目的に合った行動はとるべきだ、と思っていたのです。しかし、その時、我々には不思議なことが起ったのです。

ターバンを巻いた印度兵は、微笑した。そんなことがあるかと思います。私は少なくとも凍りついたようになっていたのですから。南方の酷暑のもとにあっても、この凍りついた、という表現は少しも不自然ではないことを証言します。

それなのに相手は微笑した。こういうと、それは憐れみを乞うか、韜晦《とうかい》の微笑なのではないか、というふうに、母上は思われるのではないかと思います。しかしその微笑は、実に穏やかだったのです。あれは僕の中学の時だったか、母上と、来宮で療養中だった、お祖父さまを訪ねて行ったことがありましたね。そしてお祖父さまの病状が大して悪くなかったので、ほっとして、それならちょっと梅園へ梅見に行こうか、と言ったことがありましたね。

あれはまだ、梅の咲き始めの頃で、けっこう寒い筈だったのに、あの日は、何だか汗ばむほどの暖かさで、しかも梅は、まだ若々しい咲き方だったので、二人は大変幸運だと思いましたね。僕はあの日、梅の枝ごしにほろほろと散って来る陽の粒を今でも覚えていますが……こんなことを書いたのも、他ではありません。あの印度兵の微笑が、僕には、どうしてもあの熱海の梅園で見た陽の光を連想させたからです。そんなことがあり得るでしょうか。こちらは凍りつき、しかも口の中がからからになったのですから。

とにかくその印度軍の将校は、私たちをゆっくりと手で制止した。それから、後ずさりをして、下流のほうに消えて行きました。

母上様、私たちは、その姿を百米も見送っていたのです、何もせずに。まるで、印度のマジックに引っかかったみたいだったのです。印度の奇術もまた、大したものだということを、いつか、父上が話して下さったことがありましたから。

それから、私たちはやっと、気をとりなおし、倒れた木につないであった舟のロープをはずし、流れにさからって、七、八百米を引いて行きました』

私は、川のほとりにしばらく立っていた。「あざとい」という言葉が、急に心に浮んだ。場違いな形容詞だと思った。今、そんな言葉を思いつく理由がなかった。しかし、そうではなかったのだ。私は川のことを考えていたのだろう。少なくとも三十人のパンジャブ兵の死体を飲み込み、他にも、多くの死者を受け入れた川は、今もなお、満々と肥え太っているのである。川を渡るときは、いつも先を争って、ちょっとした「いさかい」があったと聞いている。それをさばくのは、交通整理班で、多くは軍司令部からの参謀がその最高責任者になった。ここでも彼らの殺気立った声が流れたのであろうか。

私は車の所に戻った。

「どこへ行くかね」

運転手は変った客の趣味にはつき合いかねる、というような表情で聞く。

「ムアルを渡ってくれ」

ムアル市で、私は昼食をとることにした。

三

マレーの戦いの多くはゴム林の中であった。我々戦闘の経験のないものは、戦いはあたかも路上で行われる如くに思う。しかし、よほど後方の部隊でない限り、尖兵中隊を先頭に立てて、兵たちはゴム林の中を行った。泥濘、そして蚊。団たちはまだ楽だったという。重機材を携行する大隊砲小隊などは目も当てられなかった。

団たちが、激しい戦いを体験したのは、バクリという土地である。しかし、私にはその地点がわからない。ジャングルは、弾の跡をもとどめない。戦跡というのは、その土地で戦った人は、本能的に嗅ぎつける、というが、他人にはわからない。そこで戦った人は、ちょっとした岩、道の曲り具合まで、克明に記憶するものだという。

それでも私は、バクリの近くにさしかかった時、運転手に車を停めさせて、ひとりゴム園の中に入った。足許の地面は乾いていた。落葉がかさこそと音を立てた。陽は繁った葉によって殺されていた。暗いのでもなく、明るいのでもない。ゴムの樹液を採取する人は、朝方ここへ入るのだろう。だが今は人影もない。何かが鳴き続けていた。耳鳴りに似た、しかし虫の声だった。蟬の声のようでもあったが、それには切れ目がなかった。それはゴム園という巨大な祭壇の前で、ずっと唱えられ続けている読経の声のようでもあった。

私がそこを立ち去ったのは、たちまちのうちに、数ヵ所を蚊に刺されたからである。かつて団たちは防蚊膏《ぼうぶんこう》という膏薬を与えられ、顔にかける蚊帳も持っていた。しかし、この蚊では、とても防げたものではなかったろう。

このバクリの戦いで、団たちの属する大柿大隊長が戦死された筈だが、その最も激烈だった筈の戦闘については、団は何故か書き送っていない。書いて出したのだが、団の書き方が例によってあまり率直なので、没収されたか、或いは単なる偶然でなくなってしまったか、それともやはり、書くということは、想像を絶した気力と体力がいるものだから、味方の戦死の多く出たそのような戦闘の後では、やはり書く気力もなくなったのかも知れない。

バクリの戦いは、私の読んだ限りの知識では、あたかも、砦を守る騎兵隊が、繰返しインディアンの襲撃を受けるに似た戦いであったという。大柿大隊では、戦死二百二十六人、負傷百六人で、大隊の六割の戦力を失ったのである。

恐らく団はここで、人の死を、それもすぐ隣で戦っていた人の死を見たであろう。そして自分が生き残ったことを、当惑をもって見つめたであろう。団は多分、自分は生き残る運命だと思ったかも知れない。我々は、今もよくその手の思い違いをやる。ちょっとした偶然を、あたかも生涯を示す天啓のように思い込むことがある。しかしそんなものは、全部嘘なのだ。団は幸運な四割の中に入っていた。それはかなり運の強いほうだということになろう。私のようにくじ運の悪い男は、十人のうち半分は悪い運を引き当てるとすると、必ず、その五人のほうに入るに違いないのだ。

団はここで生きた。そして無事だったことを喜ぶと同時に、後ろめたくも思ったであろう、団はまわりの不幸な人を見ながら、手放しで喜べるような青年ではなかった。

ゴム園の木はまことに律儀に整然と植えられている。まるで櫛の歯を見るようであった。私は落葉を鳴らして林の中の静寂を味わいながら、道路まで戻った。これからパリットスロン、ベランドック峠、バトパハトから、アイエル・ヒタムという道を通るように、と運転手に言った。

私は静かな気持で車に乗った。ベランドック峠で、一休みしてあたりを眺めるつもりだったが、あいにくと、そこらあたりで、ちょっとした雨になった。私は車を停めさせて、窓を開けた。白い紗《しゃ》のような雨は、黒々とした樹海の上にたなびいていた。峠自体も広々と切り開かれてしまっている。私はそこには長く留まらなかった。

『母上様、このマレーの天候は、多くの場合我々を悩ませもしますが、又、しばしば、その強烈なおもしろさを見せてくれます。何しろ夜あけと言っても、墨で塗りつぶされたような暗い朝があるのですから。

スコールは一陣の風と共にやって来ます。風が雨のカーテンの端を持って、駆け抜けるのです。雨は本当に、一枚の紗の布のようになって来るのですよ』

ここの雨を紗だと言ったのは、団なのである。

『一たん降り出すと、天地晦冥《かいめい》とはこのことでしょうか。滝壺の底にいるのと同じです。いかなる雨具も防ぐことはできません。

そういう時、マレー人の小屋を見つけてそこで雨宿りをし、焚火をし、服を乾かすことの小さな幸福。女々しいとは思いますが、ちょっといい感じでもあると思い、母上様にお知らせする次第です』

どんな瞬間にも、不幸だけしかない、というのは多分嘘なのだ。いや、嘘ではないまでも、そういう瞬間は長くは続かないのであろう。アウシュヴィッツでさえ、歌を歌って楽しい時があった、という記録がある。もっともこの言葉は多分に分析の必要はあるが。

私は団の幸福の瞬間を見たいと思った。彼はどこで、しあわせを感じたか。記録では、それは一つしかない。スリーガーデンという小さな村落である。そこに近づいた時、私はちょっと車を停めるように言った。

そこは学校の前だった。青いスカートをつけ、白い上着を着た回教学校の女生徒が群れをなしていた。

「もしかして、ここらへんに、三五公司《コンス》というゴム園がないか、聞いてくれないか」

娘たちは口々に場所を教えた。まさかと思っていたが、三五公司は今でもあるらしい。運転手は、わかったから行こう、と車をUターンさせた。

ゴム園の中の細い道に入る。見落してしまいそうな林の中の小径である。二、三軒も走ると、やがて車はちょっとした農園風の所に出た。ゴムの乾燥場があり、いわゆる農園で働く人々のための苦力《クーリー》小屋がある。呼び名は悪いが、暗い感じではなかった。高床式で、庭には花が咲き乱れ、色とりどりの洗濯物も干してある。入口の階段に子供と共に坐っている母親は、私の車のほうに向ってにっこり笑った。

昭和十七年一月二十四日、午頃、団たちはこのスリーガーデンに着いた。三五公司は、当時、日本商社の経営によるものだった。もちろん開戦と同時に、ここにいた日本人は、英軍に収容されたか避難したか、とにかく無人になっていた。

まちがいない、ここなのだ。この苦力小屋は昔からあったものだろうし、二時間あまりの大休止といえども、貴重な休息の場所になった筈である。

『母上様、我々はこのスリーガーデンで、ほっと息をつきました。体を洗い、洗濯さえしました。その時、私は中隊長殿が休んでおられるクラブハウスへ呼ばれて行ったのです。

室内はきちんと整頓されておりました。あくまで、マレー風の建て方なのですが、中には日本の匂いがしました。箪笥《たんす》があったのです。その上に藤娘の日本人形がおかれていました。

しかし、その箪笥は、急いで逃げて行った時のあわただしさを、ほんのちょっとだけ、示していました。上から二段目の引出しが、完全に閉っていなかったのです。そして、そこから、浴衣の端がのぞいていました。

それは、藍染めの、なでしこ模様の浴衣でした。

母上は、いつか、お盆の時、新海の菜々枝さんが浴衣を着て来たのを覚えておられますか。

僕は初め気にもとめなかったのですが、母上が《菜々枝ちゃんは、本当にその浴衣がよく似合うのね》と言われたので、女の人というのは、やはり気をつけるところが違うものだと思って改めて見なおしたので、よく覚えているのです。その浴衣は菜々枝さんの着ていたものと、そっくりでした。ここの家にも、菜々枝さんのような若い娘がいたのでしょうか』

団は恐らく、その浴衣を失敬して行きたい思いに駆られたであろう。それは、団の受けた最後の強烈なエロチシズムではなかったか。

今、はっきりと、そのクラブハウスらしき建物が私の目の前にあった。ベランダの手すりは緑色に塗られており、その手前に燃えるようなブーゲンビリヤが咲いていた。

私たちが車を返そうとすると、作業場にべたべたと赤い字で書いた看板があった。

「ストライク」

と運転手は言った。ゴム園の従業員は今、ストライキ中だということらしかった。

7

一

日暮れになる前に、私はようやくジョホールまで辿り着いた。運転手は、しきりにあれがサルタンの宮殿だというようなことを説明するが、私はそんなものには大して興味も持たなかった。ジョホールはマレー半島南端とシンガポール島との間に横たわる狭い水道をも指す。水道は幅六百米から三千米で、約千米の陸橋と、それに併列して設けられた送水管によって、一日約四万トン近くの水が送られていた筈であった。

近衛師団がジョホールに到達したのは、一月三十一日と言われる。彼らはすぐ、半島南端の町ジョホールバルの東方十粁にあるマサイという村落に向った。そこでも団たちは、すさまじい雨に遭った。天水桶の底が抜けたような雨は、たちどころに道を水没させる。太腿まで達する水深もあちこちに出て来る。やむをえず雨やどりをしていると間もなく夕方になった。再び進撃を開始すると、小川の縁に生えている木が、ぼうっと光ってみえた。螢なのであった。団は一瞬、息をのんで螢を見る。自然の動物は天変地異に対して敏感だというが、螢は戦いが近くに迫ったことを知って、動転している様子もない。どういうことであろう。戦いは虫共にとっては、地震や気温の変化などと比べて、とるに足らぬことなのだろうか、と思うと、団はちょっと爽快な気分になる。

自分は戦いに呑まれていた。というより、ここ二ヵ月以上、人間の死をも含めた或る状況を、全く疑いのない現実として、その中であっぷあっぷして来た。しかし螢はそれを信じていない。空には星があった。青ビロードに貝ボタンを散らした程度に数多く、大きな星であった。

団たちはマサイへ、陽動作戦のために集結したのだった。二月二日になって、彼らはそのことを知らされた。敵にはウビン島へ向って上陸するに違いないと思わせるためのさまざまな作戦が必要だったのである。約四十輛のトラックが、テブロンからマサイにかけて、空のまま煌々《こうこう》とヘッドライトをつけ、ホーンを鳴らしながら東行した。マサイへ着いた車輛は、前照灯を小さくして騒音を立てぬように速度を落してテブロンへ帰った。マサイのゴム園の中では団たちは、わざわざよく煙が上るように分散して炊事をした。大部隊がマサイへ集結していると見せかけるのだ。炊煙は芸を細かくして、一日ずつ、数をふやしていかねばならない。しかし、これらの繊細な演出は日本人の最も得意とするところだった。

敵は、日本軍がウビン島方面から、すなわち、北東部から侵入して来るだろう、と考えたようである。その点については、パーシバル中将（マレー方面軍司令官）とウェーベル大将（南西太平洋方面全連合軍最高司令官）との間に意見の対立があった。ウェーベルがシンガポールにやって来たのは一月二十日だが、よく訓練されたイギリス第十八師団を北西岸に置き、次に強いといわれるオーストラリヤ第八師団を北東部に置くことを考えていた。しかしパーシバルは、どうしてもウビン島方面の北東部から、日本軍は上って来ると思っていたので、十八師団をそこに当て、北西部には、未訓練の補充兵をしこたまおしつけられたオーストラリヤ第八師団と、あまり戦意があるとも思えない第四十四インド旅団が当てられた。

ジャングルの中を煌々とヘッドライトをつけた車が集まるのを見て、果してパーシバルはそれを、北東側からの日本軍の攻撃の前ぶれと思ったのだろうか。それは、あまりにも単純すぎるようだが、さりとて、そのように動いて見えるものを放置することもできないから、それを信じたのだろうか。そしてなぜウェーベルは、パーシバルに判断を譲ったのだろうか。パーシバルは現地の司令官だから、状況判断は一番正しかろうと思ったのだ、とウェーベルはものの本に書いているらしいが——戦争というもののおかしさは、人間が、本来、わかり得ないことを、神をまねて判断を下すことにあるかも知れない。

そのマサイは、はるか彼方にあった。マサイまで行くと、日の暮れないうちにコースウェイを抜けてシンガポールに入れないので、私は、一瞬、車を停めて、コースウェイより西寄りの海から、対岸（シンガポール）を眺めるにとどめた。

低いマングローブの繁みとおぼしきものが、とろりとした水路の彼方に低く浮んでいるだけだった。すぐ近くにジョホール州のマハラジャーの王宮があって、そこが司令部になっていた筈である。

「ジョホール王宮は展望良好、第一線兵団の行動手に取る如く見ゆ。我が攻撃は猛烈にして、殷々たる砲声、石油タンクより吐く黒煙天に冲して物凄し、夕刻猛烈なるスコールあり、スコール過ぎて再び砲戦開始せらる。敵の砲撃は戦闘司令所の東南海岸に集中するも何等被害なし」

これは山下奉文司令官の日記の一部である。ここでも自然のほうが、人間の戦いより強いことがさりげなく描かれている。

五日は朝から、更に、近衛師団の陽動作戦は多岐に亙《わた》ってくる。偽の無線通信所開設により、わざと高等司令部の所在地を暗示する。午後は、砲二門でウビン島対岸の陣地、チャンギー飛行場、総督官邸などを砲撃。海岸から見える林の中に、藁人形を立てる。六日夜は偽装舟艇を海に浮べた。

六日夜、北山中佐の指揮する捜索連隊がウビンに上陸。八日夜、初めて第五師団と第十八師団はジョホールバル西南方地区から、東面して、水道を渡った。その夜、団たちは暗い海峡にとび交う彼我の戦いの花火を見た。誰かが両国の花火よりきれいだ、と言った。すると団の耳には、反射的に、三味線の音が聞えた。

『私がこの世に生を受けて最初に定着した記憶は、数え年三つの夏、両国の花火に連れて行って頂いたときのことで、私は怖がって少し泣いたそうですが、私には泣いた記憶は全くありません。只、私には、今でも二つのものが眼にありありと残っています。それは、よしずの編みの目と、匹田鹿の子の絞り模様なのです。私はどこかお茶屋の桟敷にいて、そのどこかによしずが立てかけてあった。絞りについては、私は長い間、その花火の夜、私は芸者に抱かれて眠ってしまったというふうに思い込んでいたのですが、これはどうやら、おめでたい記憶違いのようでしたね。母上によると、その晩子供の私を抱いて寝かしつけてくれた芸者もいず、かつ、母上も、そんな時期に浴衣でもない絞りなど召されぬ、ということで誰かの絞りの着物の膝で眠ったという記憶はどうやら私の長い幸福な夢であったようです。

戦いの火花を見ていると、不謹慎にもそんなことがしきりに思い出されました』

砲撃は八日夜半まで続いていた。陽動作戦の終った団たち近歩五は、二月九日午後六時、マサイを出発して、ジョホールバルの渡河地点に向った。道は、あらゆる部隊で大混雑だった。組織のある所で要望されるのは情報だが、この情報というものが、また、少しも正確に届かない。シンガポール上陸は成功しているのかどうか、誰にもわからない。

夜が明け、シンガポールを指呼《しこ》の間に捉えた北緯二度の熱帯は火がついたように燃え上った。やがてジョホールバルに近づいて、「上陸成功」が伝えられる。と思う間もなく、近くの日本の高射砲が一せいに火を吹いた。ハリケーンが三機近づいて来る。団はゴムの木に身を寄せる。先頭の一機の機首が白昼にも拘らず、ピカリと光った。その次の瞬間、血を吐くように黒煙を吐いた。

敵機が落ちるのを見たのは、団にとって初めてであった。周囲の兵たちは、手を叩いている。団はその時の自分の気持を書いていない。正直なところ、敵が可哀想だったとは書けなかったのだろう。書けば、検閲が通らなかったかも知れない。又、可哀想だとは思わなかったのかも知れない。可哀想と思わぬ自分に狼狽《ろうばい》していたかも知れない。団はそんなような性格であった。

「この辺に、結核の療養所があるかね」

私は運転手に尋ねた。すると、ちょっと先にあると言う。行ってみるか、と訊いてくれた。この人の好いマレー人は、今朝から私がおかしな所ばかり見たがるので、もう観念しているようにも見える。

「いや、いいのだ」

と私は断わった。団たちは翌日の上陸に備えてジョホールバルで一夜の宿を探したのだが、かなりしっかりした建物が見つかった。喜んで入口の看板を見ると、「結核療養所」と書いてあるので、やめた、というのである。肺病がうつるよりは、ボロ家の方がはるかにましということで、マレー風の民家に入った。その夜、シンガポールは石油タンクが燃え続けて、夜空をどす黒い赤さに染めていた。

二

このジョホールバルまで来た近衛師団にとって、「敵」は単一ではなかったように私のようなよそ者には感じられる。いや、「敵」という言葉は適当ではないだろう。しかし第五師団、第十八師団と共に、シンガポール攻略を意図していた近衛にとって、現実に大きな災難となったのは、決して敵の「テッポーのタマ」ではなかった。第二十五軍司令部と、近衛師団司令部との間の、深く長い感情のもつれであった。

第二十五軍司令官・山下奉文は、二・二六事件の時、陸軍省調査部長の職にあり、反乱軍に対して好意的であると思われていた。それに対して近衛師団長・西村琢磨中将は、事件当時、陸軍省兵務課長であった。陸軍内の二つの派閥で、二人はそれぞれに対立的な立場にあったわけである。西村が山下の身辺を、憲兵を使って調べた、というのは噂に過ぎなかったのかどうかは別として、皇道派将校たちに対して親近感を抱いていた連中が総なめに疑われたとしても、それは西村個人の感情ではなく、陸軍中枢部の空気を反映していたと見るべきであろう。しかし山下は一見豪放に見えながら、実は、神経の細かい、うらみがましい人物で、その時以来西村には含むところがあったという説がある。

　実際の山下は、どうであったか私にはわからない。案外豪放でもなく、それゆえ、うらみがましくなかったのかも知れぬ。私たちが山下という人物を、やや客観的に判断しうるかと思われる資料は、例のブキテマのフォード自動車工場でパーシバルとの間に交わされた会話の記録だけである。それによると、山下という人物は、とくに柔軟でもなく、とくに論理的というのでもない。初めに要求した全軍の即時武装解除という条件さえ、パーシバルが、ねちねちと言っている間に、それを通してしまっている。

　山下にとって、大切だったのは、英軍が降伏するかどうか、ということであった。それも私たちが当時知らされたように卓を叩いて「降伏するのか、イエスか、ノウか」と言ったのではない。パーシバルが市内の治安維持のために千人の武装兵を残すことを固執している間に、山下はしびれを切らしたのである。

　しかも日本軍の夜襲の時間は迫っていた。するとパーシバルは「夜襲《それ》は困る」と言う。山下はそこで初めて改めて尋ねる。「一体、英軍は降伏するつもりか」パーシバルはしばらく考えて言う。「停戦することにしたい」すると山下は通訳官に言った。「夜襲の時刻が迫っているから、英軍に降伏するのかどうか、《イエス》か《ノウ》で答えて貰え」パーシバルは返事する。
「イエス。ただし千名の武装だけは認めてもらいたい」山下はあっさりそれまでの主張を翻《ひるがえ》して「よろしい」と答える。これはおもしろい会話である。

いずれにせよ、山下と西村はお互いに嫌いであった。第二十五軍と近衛師団とは対立していた、という。その感情の波は、参謀たちの間にまで拡がった。近衛師団参謀長・今井亀治郎大佐は、第二十五軍の若い参謀たちを多少ばかにしていた。辻政信を初めとして、しかし第二十五軍の参謀たちは「荒武者揃い」であった。第二十五軍参謀長・鈴木宗作少将は、部下から、近衛師団の西村中将や今井大佐の「悪評」を聞いていた。

近衛師団がバクリで苦戦中に、鈴木少将はたまたま、戦況視察にやって来た。少将は近歩五連隊の連隊本部に立ち寄り、それから、一人の中隊長と共に、ゴム林の中を歩いた。銃声が聞えて来た。

『今井参謀長については、かねがね、あまり芳しくない噂を聞いてはいたがね』

鈴木は若い中隊長に言った。

『今日、ここへ来る時、ムアル河渡河地点で師団参謀長は眠っていた。こんな時に、師団参謀長たるものが、師団司令部より後方で眠っているとは何事だ』

今井大佐は、たまたま眠っていたのだ、と中隊長は書いている。今井は、それまでに、するべきことはしていた。前線に出ない、臆病者ではなかった。しかし、第二十五軍では近衛師団について、とにかく、そのように解釈したがったのだ。

私が「敵」といったのは、そのような意味である。「見えない敵」はそれがどんなに巨大なものであろうと、「当面の敵」ほどには、人間の憎しみをかき立てない。兵たちはなぜ戦ったか。なぜ見たこともない敵に、憎しみを抱けたか。我々は直接に、ぶつかっている特定の個人に対して殺意を覚えられる瞬間はあるが、はるか彼方にいる見たこともない個人を殺そうと思うのはむずかしい。

この点について、私はもし団が生きていたら、共に語れると思うのだ。私はこう思う。兵たちが戦うのは、敵が怖いからではない。組織としての軍、或いは上官が怖いからである。それらのものに面子《メンツ》を立てて見せねばならぬからである。そして又、もっと具体的には、そこから逃げ出せば、味方に殺されるからである。それ故、どんなに装備や訓練がゆきわたろうとも、いざという時、戦わずに逃げ出す兵に対して、彼らを罰する軍刑法を持たぬ今の自衛隊は、決して軍などではあり得ないのである。閑話休題。

その上さらに、西村師団長と今井大佐とは仲がよくなかった。近衛師団では、バンコックの工業学校に師団司令部を置いたが、そこでも、百米近い長い校舎の両端が師団長室であり、参謀長室であった。二人が話しているのを見たことがある者は一人もいない、とまで言われた。

近衛師団のジョホール水道渡河に関する記録は、どんなに冷静な報告にさえ、これらの人物の間にわだかまった憎悪のようなものが顔を出している。バクリやバトパハトの戦いで戦力を失った近衛師団は、シンガポール攻略に当って自ら、第一線ではなく、第二線部隊になることを希望した。そのため、近衛師団が水道を渡るのはX＋一日、つまり第五師団の後方から、一日遅れて行動を開始することになっていた。それが二月五日になって、突如、第一線兵団として使用されたい、と申し出たのである。軍はそれを半ばいれた。半ば、というのは、作戦計画において近衛にも第一線を与え、渡河日程についてはあくまで「一日遅れ」をとったのである。山下軍司令官はつまり、近衛師団のやり方を「あまり信じてはいなかった」のである。

ともかく師団は二月九日の夜十一時頃に発進した。しかしそこでも又、先発隊は不運に見舞われることになった。渡河を受けもった独立工兵大隊は、必要な舟の数の三分の一しか廻して来なかった。やむなく乗れるだけ乗って出発すると、彼らはばらばらに行動した。彼らは、西も東もわからない岸辺に、しかも四粁ばかりに亙って下ろされた。着いたから下りろと言われて飛び込んでみると、胸まで水があった。海面はしかも流れ出した重油で真黒だった。顔まで油だらけになった兵たちは、岸のマングローブにしがみついた。激しい砲火が彼らを見舞った。

国司大佐の手記によると、次のような状況になる。

『上陸点付近には海岸に沿って溝が掘られており、この排水溝に油が流れ込んで燃え始めたが、この頃、潮が満ちて来て、海面の重油がこの溝に入り一面の火となった。
ゴム林もパチパチと音を立てて燃え始めた。燃えているのは溝に沿う帯状の地域であるが、水道の対岸から見ると相当の正面が火焔に包まれているように見える。しかしやがて油も燃え切ったらしく火勢も急に衰えたので、部隊は排水溝を突っ切って前進した。そのころ火はほとんど消えていた』
しかしこれは不運な事件であった。夜でもあったし、遠くから見ると、文字通り、近衛師団は火の海に置かれたように見えた。そのことは独立工兵大隊の小隊長によって、上陸部隊の大部分が死傷した、というふうに伝えられた。仲が悪かった筈の近衛師団長・西村中将と今井亀治郎参謀長はその時だけうち揃って第二十五軍戦闘司令所におもむいた。一部戦史には、二人が「倉皇として」やって来たと描写されている。二人は師団が大損害を蒙ったので、今後再び、第五師団の後方から前進したい、と申し入れたのであった。
山下は第一線にいた。この情報は彼を驚かしたが、間もなく、第二報によって、それが誤報であることを知ると、怒った。前線から逃げ帰って来た者の無責任な話を信じ込んで、将校斥候も、つけていなかったのか、ということである。その間、近衛歩兵第五連隊では、負傷した岩畔大佐が後方に送られることになり、独立守備歩兵第十三大隊長から南方軍総司令部付となってサイゴンに待機していた沢村駿甫大佐が二月八日の夜、その混乱の最中《さなか》に着任した。沢村大佐の知らぬところで、既に事は動いていた。軍司令部にとって、再三再四、前線に出してくれと言ったり、それを又引っこめたりする近衛師団は使いものにならない、という決定的な印象が定着した。

二月十日、午後三時頃、初めて近歩五から四人の将校斥候が対岸に出された。彼らは一時間ほどで帰って来たが、全滅を伝えられた第一線は健在であることを伝えた。

団たちが舟艇に乗ったのは、午後四時であった。クリークの出口までは敵の目から隠されているので何事も起らなかった。しかし、一度、開けた水面に出ると、それから約三十分間、いやというほど、前後左右に落ちる砲撃のあおりをくった。

着いたところは、マングローブの密林であった。木は下半分が重油で、べっとり黒くなっていた。後でわかったことだが、それは正規に予定された上陸地点ではなかった。砲撃を避けて、渡河を受けもった独立工兵大隊が安全な所に兵たちを下ろしたまではよかったが、実はそれは、シンガポール本島ではなく、孤立した小島に島流しにしたことになったのであった。

『我々は五百米ほど、膝を没する湿地帯をマングローブと戦って歩き、やがて、前方に川のように見えていたものが、ジョホール水道に通ずるクリークだとわかったのです。

私たちは、再び上陸地点に戻りました。それでも舟がない。潮が満ちて来ると胸まで漬《つか》るぞ、と誰かが言いました。それでも幸い、そうなる前に、舟艇が寄って来て島流しに遭っていた我々を拾い上げてくれました。
我々は油だらけになって、ようやく上陸地点に辿り着きました。乾麺麭も、飯も重油で食べられなくなってしまいました。集結を終ったのは深夜、空腹が身にこたえました。千米ほど進んだ所で夜営の準備をしていると、敵の残して行った「パイ罐」と「ミルク」があると聞いて、私たちはとび上りました。その晩はいい夜でした。私は大した理由もなく、地獄から天国に入りかけたような思いがしました』
と団は書いている。

三

私はいよいよ車をシンガポール側へ渡らせることにした。マレー側で簡単な出国手続きをし、コースウェイの橋を抜けてシンガポール側へ入る。そこで比較的厳重な車体検査を受けた。勘ぐって考えてみると、つい先頃、日本の赤軍派と呼ばれる青年たちがここでシージャックをしたので、日本人と見れば疑いを持つようになっているのかも知れない。私の車だけ脇へ呼びつけられ、オイル・チェンジをする時に使うような台の上に高々と乗せられている間、私は、税関の役人に、シンガポールに知り合いはないかと聞かれた。真野新平の名をあげ、そのオフィスの電話番号をあげたところで、彼らは何も思うまい。私が思いついたのは、むしろ、まだ会ったこともない一人の人物の名前であった。

それは、私が紹介状をもらって来たチャンギー刑務所の典獄のB・L・リップという名前である。私は彼に会うことになっている、私の名前も通っている筈だ、と言うと、税関の役人は、オフィスのほうに姿を消したが、間もなく戻って来た。まさかよからぬたくらみをしている男が、撰《よ》りにも撰って、典獄の名をあげることもないと思ったのであろう。

車はシンガポールの町並みを走り始めた。私はひどく疲れを覚えていた。ホテルは町中のFというところをとってある。私は目をつぶっていた。見なければならない土地があっても、もう明日廻しにしたい心境であった。空気は微かに排気の臭いがしていた。シンガポールというと、花の香りがしていそうに思っていたのだが、ここも思いのほか、集中的な工業化が進んでいて、東京と同じことになっているのかも知れない。

ホテルは、まさに私の希望通りの場所にあるように見えた。それはほぼ東西に走っているオーチャード路《ロード》という賑やかな通りに面しており、嬉しいことに、すぐ隣が夜店風の屋台がひしめき合っている場所だった。それらの明りが、まるでクリスマス・ツリーの飾りのようにきらきらと輝いているのが見えた時、私は思わず運転手に言った。

「あの屋台は便利そうだね。何を売っているのかね」

「そばですね。そば、焼鳥、甘いもの」

私は彼に、約束通りの金を払った。

「長い道のりをご苦労だったね。これからすぐ、クアラルンプールへ帰るのかね」

日本人ならば、一きょに引き返すこともできそうな道のりであった。

「いや、今晩はシンガポールへ泊ります」

「そうだね。たまには、遊ぶのもいいだろう」

フロントには、果して真野新平のメッセージが待っていた。

「何度か、電話でお着きではないか、と確かめたのですが、まだらしいので、会社の帰りにここへ立ち寄って、伝言を残しておきます。私は今夜は、ずっと家におりますので、どうぞ、落着かれましたら、下記の電話番号にご連絡下さい」

部屋は十七階であった。町の灯が生き生きとしていた。クアラルンプールは森の都という感じだが、ここはもう少しぎらぎらしている。着いて一時間くらいで印象を固定するようなことはやめなければ、と思いながら、私は一瞬、窓を開けて外を眺めた。十七階下から喧騒が突き上げるように響いて来た。そして私は、この際、告白しなければならないが、そのような激しい気配を、私はやはり嬉しく感じたのだ。

私は、部屋からすぐに、新平の部屋の電話番号を廻した。出て来たのは女の声である。中国人のようでもあった。しかたがないから日本語で、「新平君いますか」と言った。すると向うで「電話《デインワ》、電話《デインワ》」と呼ぶ声がしている。一瞬、日本語かと思ったが、どうも中国語であるらしい。

「もしもし、水島です」

「あ、ようこそ、お着きになりました。実は心配していたんです。どの飛行機かわからないし、ＫＬ（クアラルンプール）からは、何本も便があるもんですから」

「実は自動車で来たんですよ」

「ＫＬからですか」

「そうです」

「それはいいことをなさいましたね。僕も、ＫＬへ行くなら、車で行ってみたいと、思ってるところです。それで、今は、もうホテルですか」

「ええ、たった今、部屋へ入ったばかりでね」

「では、とにかく、夕食でもご一緒しながら、日程を伺いたいので、三十分ほどしたら、そちらへ伺います。三十分あったら、シャワーを浴びることもおできでしょうから」

「そうしてもらいましょうか。まだ、西も東もわからないのでね」

「実は、もしかすると、お会わせしたら、いいのではないか、と思う人物がいるのです」

「ほう」

「私もまだ詳しくそちらの話を伺っているわけじゃありませんけど、戦犯になったご兄弟のことだ、と言いましたら、その問題について、いろいろと知っている人がいるんです」

「ほう」

私は少したじろいだ。

「私は別に、今さら、何かを調査しようと思って来たんじゃない。ただ、彼の最後の土地をしのんで、弔《とむら》いをするために来たんでね。しかし」

私は、そこで、新平に悪いような気がし始めた。

「いや、もちろん、何か教えて頂くことがあったら、それは、多分、団が私に知らせたい、と思っていることなんだろう、と思いますよ」

とつけ加えた。

「では、とにかく、三十分後に伺います」

電話を切ってから、私は再び、窓際へ戻った。

何ということだろう。長い間、私は、団は今は安らかに眠っている、と思い込んでいたのだ。普通の人なら決してそうは思わないのであろう。刑死した団は、いわば非業の死を遂げたのだから、安らかに眠るどころか、地獄の底でかっと目を見開いて成仏できずにいる、と思っているかも知れない。

私は肉親にひどく冷たいのだろうか。そうかも知れないし、そうでないかも知れない。私がそう思った、たった一つの理由は、団の怜悧《れいり》さである。団は昔から静かな性格であった。私と違って……。人間が出来ていたから、などとは言うまい。しかし、団には、或る種の、世の中を見通す力はあった。それは、世の中の、「身についた不合理」についてであった。その意味では、団はむしろ正義漢ではなかったかも知れない。

団は、アリが人間に踏み殺されることを、哀れとも何とも思っていなかった。それは人間の運命でもあったから、とくにアリを可哀想に思うことはないのだ、と言っていた。そして人間が（団自身をも含めて）こんなに愚かで盲目である以上、それは、あらゆる馬鹿なことをやってのけられる可能性を持つのだ、と言っていた。

団は盲目なる者の幸福をよく口にしていた。人間が決してお互いを正当に理解し得ず、自分の未来について、かくも見えていないが故に生きていられるのだ、ということを言っていた。もし人間が、自分は何歳まで、どのように生きて死ぬのか、ということを知っていたら、少なくとも、自分は生きる気力を失うだろう、と言ったこともあった。それはまだ、彼が、数え年で十五くらいの時のことだったことを思えば、彼は私より、はるかに賢く、具眼の者だったと言うことができる。

だから、私は団が不当に生を終えさせられたことに対して、大して怒っていないのではないか、という気がしていた。そして、それが、どれほどの深い絶望と、深い英知から来るものか、私は後年になるまで、あまり気づいてもいないくらいだった。

私は要するに、今まで自分が恐ろしかったのだ。団がどのような理由によって殺されたのか、その真相を知ることではなく、真相のでたらめさを知ることが怖かったのだ。

団は要するに、住民虐殺のかどで死刑にされた。しかし団にどこに、虐殺をしなければならない理由があったのだ。虐殺というのは、もっと弱い人間のやることだ。弱いくせに、もっと浮世を信じている人間のやることだ。団は弱くもないし、この世を信じてもいないから、虐殺をしなければならぬ人間でなどあり得なかった筈である。

そうだ。弔うだけで、何かがここでわかるなら、団の声と思って聞いて帰ろう。団だけではない。地球上の人間の数だけ、そこには、思いを残した死があるのだが、その一人の声を、兄が聞いてやることもあながち無駄ではあるまい。

私は思いついてカバンを開けた。シャツのかえを出し、洗面袋を持って浴室に入った。今しがた見たシンガポールの夜にぶら下っている星は、ここで死んだ、あらゆる死者たちの眼のようでもあった。

8

一

新平は、日本を発った頃より、かなり浅黒く陽やけして、ここらへんでバティックと呼んでいるジャワ・サラサ風のアロハを着ているので、シンガポールの華僑だ、と言われれば、或いはそうかも知れない、と思えるようになっていた。

「元気そうじゃないか」

「ありがとうございます。馴れない所なのでへばるかと思いましたが、却って少し太りました」

「お母さんは、どんな様子ですかね。実は、ほったらかしの言い訳めくけれど、私はわざと、あまり、見舞の電話をかけないようにしていたんだ。誰かが、自分の淋しさを救ってくれる、誰かが助けてくれる、と思うよりは、誰も当てにならない、と思うほうが、その当人にとってはいいと思うのでね」

それは、嘘ではなかった。家内はよく、「菜々枝さんにとりつかれたら、大変よ」というような言い方をする。菜々枝には歯止めというものがないので、一度、私がいい相談相手だと思いこんだが最後、昼夜を分たず、べたべたと、日に何度でも電話をかけて来る。若い頃は私も腹を立てたことがあった。女の愚かしさは救いがたい。しかし今は、多少、年の功で心にゆとりができたから、相手を怒る度合も弱くなった。

「こちらへ電話をかけて来たり、今すぐ帰れ、という電報を寄こしたりするようなことはないの?」

「手紙ではいつも、そんな会社などやめてしまえ、というようなことを書いて来ますけれど、とり合っておりません。電話でもやはり、これから社長のところへ掛け合いに行く、というようなことを言いますから、勝手にしなさいと切ってしまいました。電話はいつも、料金先払い《コレクト》でかけて来るんです。それで僕も、母からの電話がかかって来て、コレクトだけれど受けるか、と交換手が言った時、受けない、と断わることにしました。それ以来、かけて来ません。残酷なようですが、会社の電話にかけて来て、料金先払いというのは、あまりにも非常識ですので」

新平は、落着いた口調だった。私には、自分の心をさらしやすいのであろう。

「それはそうと、お疲れになりましたでしょう」

新平はねぎらった。

「少し疲れたんでしょうがね、まだ興奮してるから、あんまり感じてないんですよ」

私は言った。

「お疲れでしたら、このホテルの上にも、かなりいける中国料理店がありますし、外へでかけてみてもいいと、お思いでしたら、海辺の、蝦蟹料理を食べさせる店へお伴してもいいと思っているんです。蝦蟹はお好きですか?」

ここのところ、マレー半島沿岸の蝦蟹を目の敵に食い散らして来ている感じだが、いくら食べても倦《あ》きるというものではなかった。

「悪くはないね」

「でしたら、私の車で、ひとっ走りで行けますし、大して遅くならずに、ホテルにお帰しできると思いますから」

新平は、小さな車を持って来ている。ドイツ車だという。小さな個人の車というものは何となく、穏やかで落着くものだ。

「どうだね、この町は」

助手席に乗せてもらって走り出すと、私は新平に尋ねた。

「おかげさまで、今のところ、気に入っています。もっとも、人種的な問題は、予想外に大変そうですが」

「人種って、インド人なんかがいることかね」

「マレー人、中国系、インド人、この三種です」

「それほど、はっきり人種的な差別があるのかね」

「アメリカの人種問題とは違いそうですが……つまり、中国系が経済的な中枢部を握っていて、インド人が、その次の、というか、或る種の部分を占めてしまう。残りがマレー人、という感じはありますね。仕事をしていると、自然に中国系と係わるようになって、中国人と親しくなる。別にこちらから、好き好んで中国系に近づいているつもりは全くないんですけど、おかしなもんですね」

夜になっても、それほど涼しくなってもいない。しかし、ねっとりとなめらかな夜の空気は、絹の手ざわりである。夜は体温を持っていた。車はいつの間にか、大きな邸宅の並ぶ海際の通りを走っていた。

「ところで、シンガポールには、何日くらいご滞在です」

「一応、一週間くらいと思っているんだけどね。伸縮は自在なんだ。早く帰ってもいいし、数日間くらいなら、伸ばしてもいいし」

「実はここに、一江和則《いちのえかずのり》さんという日本の方がいられるんです。ここで一番格式の高いホテルにグッドウッド・パーク・ホテルというのがあるんですが、そこには日本人のお客もたくさん来るようになったもんで、日本人相手の一種のセールス・マネージャーのようなことをしていられるんですが、実に頭のいい温厚な方で、僕は着いてから、ずいぶんお世話になったんです」

「ほう」

「その方が、戦前と戦中のシンガポールを知っておられるというもんですから、実は、小父さんのお話をちょっとしたんです。そしたら、その戦犯で亡くなった弟さんというのは、どこの師団だと聞かれたんです。僕は、確か近衛ではないか、と言っておいたんですが、違ってたでしょうか」

「いや、それでいいんですよ」

「そしたら、首をかしげていましたが、そのうちに調べておきましょう、ということでした。何か知ってるらしいんですけど、慎重な方なもんで、調べてからじゃないと何事もはっきり口にされないんです。それで実は今朝、もう一度、電話してみましたら、何か少しはわかるかも知れませんから、よろしかったら、お立ち寄り下さい、ということでした」

「それは、それは。その方は戦争中、何でした?」

「ここにあった、日本総領事館におられて、開戦と同時にチャンギー刑務所に入れられて、後、昭南市に勤められたらしいです」

「チャンギーに！」

「いつでもホテルのほうにいますから、とのことでした。電話をかけて今から行くから、と言えばいいと思います」

「何か、心当りありそうですか」

「ありそうでした」

私は一種、息苦しさを覚えた。

「まあ、今日は、ゆっくりお休み下さい」

新平は、私の心の中を見抜いたように言った。

「実は、僕は、小父さんが来られる迄に、少しはマレー戦史を読んでおきたいと思ったんですけど、忙しさにとり紛れて、それも間に合わなかったような状態です。不勉強で本当に申し訳ありません」

私はその言い方を率直で快いものに感じた。

「いや、かまわんよ。今のシンガポールは、昔の戦争の頃とは違うんだから」

レストランは、波打ち際にあった。夜だから海は暗くて、多少の照明はあるにせよ、水は只、黒く光るばかりだった。しかしおかしなことに、その暗い水面が、決して澄んでいないことが、私にはよくわかった。水は思いなしか重く粘っているようだった。

「このちょっと先が、ジュロンの工業地帯なんです」

ボーイに案内されて、戸外のテーブルに就《つ》くと新平は言った。

「そうらしいね」

「この辺もそろそろ公害です。ここの華僑の人たちの中には、遺言で、火葬にした後、お骨を海に捨てる人もいるんですけど、ついこの間もそうした人が、どこへ捨てるかを考えなきゃって言ってました。つい十年、二十年前なら、海は大ていどこも澄んでて、どこへ捨ててもいいような気がしたもんだそうです。子供を連れて海へ海水浴に行って、ほら、この海にお祖母《ばあ》ちゃんが眠っていらっしゃるのよ、今日は、を言いなさい、と言えた。ところが、最近ではそうもいかなくなったらしいです」

「しかし、それはいい話だね。海に骨を捨てることが法律的にできない日本というのは、いかんよ」

「華僑には、立派なおばあさんがいますね。英語なんか一言も喋れないけど、年とっても働きもので、それでいて威厳があって、堂々と生きて死ぬようなタイプです」

「どこにも、そういうみごとな年寄りはいるよ」

「母はきっと、日本で、自分の傍にいる人に誰でも迷惑をかけて生きているんだろう、と思います。あの主治医の先生、困っておられると思うんですが」

「なあに、それでいいんだよ」

「僕は幸いにも、今、見ずに済むんで助かります。僕は卑怯で、辛くなきゃいい、というところがありますから」

「先刻の人、何て名前だっけ」

私は思いついて尋ねた。私は忘れっぽいくせにひどく気にかかり始めていた。

「一江さんですか」

「そうだ。その人は、何か、団のしたことについて知ってるんだろうか」

「よくはわかりません。その方は、折目正しい人で、つまり直接関係者でない僕には、たとえ知ってても話さないような方なんです。その冷たさが、僕は好きなんです」

海は油を浮べたように、のたり、のたりと光っている。庭の隅のコンロでボーイが魚を揚げていた。のんびりと仲間と喋りながら、三枚にひらいた大魚をキツネ色になるまで、から揚げしているのである。メイン・コックがまさか彼ではないのだろうが、海べりの露天で揚げものの音を聞くのどかさは、実に予想外のことであった。

二

前にも書いた通り、私がこの地に来たことの背後には、実に、判然としない心理状態があった。六十を過ぎ、七十近くになれば、いつ、死なぬまでも、動けなくなる事態が来るかも知れない、と覚悟すべきであろうし、その前に、一度くらいは肉親が墓まいりをしておいてやったほうがいい、というのが、私の「最低」の気持であった。私は団のことが心にかかっているくせに、ぴったりと団のことを想うことも辛いのであった。その死の真相を知りたくもあり、知るのもいやであった。

死んだ人間が生き返るわけではなし、つまり、墓さえ詣でれば、それで済むような気はする。団の潔白を信じて、団の慰霊をしさえすればいい。なまじっか団の死の真相を知ろうとしたりすると、眠っていた団が起き返って来そうな気もしたのである。

一江氏という人の存在を聞いた時、私は動揺した。会いに行くことにうっとうしさも感じた。今さら知って何になる。あの当時、団を救うことに、あれ以上の力を費《つい》やせなかった私は、今でも深く後ろめたいのである。

しかし、新平が、一江氏という人はいい意味で冷酷な人だ、と言ったことが、私の心を動かした。恐らくそういう人物は、私が聞いたことに対して、確実に知っていることを教えてくれるだけだろう。私は知りもしないことをふくらませて考える人間が嫌いである。相手の心にずかずか踏みこむことも、踏み込まれることもいやであった。

翌朝しかし、私は爽やかに目覚めた。思いのほか湿度の高い土地だったので、疲れがひどく出るのではないかと心配していたのだが、冷房はきき過ぎてもいず、私は実に、八時間近くをぐっすり眠ったらしいのである。

私は十時になるのを見計らって、グッドウッド・パーク・ホテルに電話をした。一江氏はいた。新平から、私のことはよく聞いている、と言い、自分の知っていることならいくらでもお話する、ということだった。

「どういうご予定です、こちらでは」

一江氏も尋ねた。

「何もないのです。予定というのを立てるのが、あまり好きではないものですから」

「よろしかったら、只今からでもお越し下さいますか」

私はそうする、と言った。すると一江氏はグッドウッド・パーク・ホテル迄の道を教えてくれた。歩けないわけではないが、二十分近くはかかるから、タクシーで来たほうがいい。タクシーを拾う場合には、ホテルの一階に下りたら、オーチャード路ではなく、サマセット路に面した入口へ出たほうがいいということであった。綿密な教え方である。昨夜は、暗くなっていたので気がつかなかったが、シンガポールの町も巨大な一方通行の規制が敷かれている。

グッドウッド・パーク・ホテルは、いかにも一時代前の——つまり英領時代の植民地風の建築様式をあらわしていた。煉瓦色の屋根、白い壁、トンガリ屋根を持った八角型の塔などで、どこ風かといえば、インド風ではないかと思えた。私はフロントで一江氏の名を言い、長い廊下をボーイに案内されて、涼しさを強調するためか、暗い部屋に通された。

一江氏は大きな机の向うに立っていた。白っぽい背広をきちんと着て、首の太い背の大きな男だった。

「真野君から、よく伺っていました」

彼は言い、

「どうぞ、おかけ下さい」

と、私に革ばりのソファをすすめ、自分もその向いの椅子に腰を下ろした。私は何の予備知識も与えられず、この土地で、いきなりこうしてめんどうかけることになってしまった経緯を詫びた。

「いや、どれほどお役に立つか、はわかりません。何しろ大分昔のことですから」

一江氏はポケットから、メモ用紙と万年筆を、気味が悪いほどの静かさでとり出した。

「弟さんのお名前は、何とおっしゃいます」

「水島団です」

「近衛師団とおっしゃいましたね」

「そうです。近歩五でした」

「処刑された日は、いつでいらっしゃいましたか」

「一九四六年、三月六日、と聞いております」

「近衛で、戦犯になったのは、西村師団長だけだったように記憶していますが、弟さんは……」

「上等兵でした。西村師団長以外では、弟だけだったように聞いています。それだけに、一層、理由がわからないのです。残虐行為ということになっていますが、一人だけで残虐をするということは、考えられないような人間です。何十人、何百人という単位で行われた残虐行為の中に団がいる、というのなら考えられるのですが」

一江氏は黙っていたが、暫くしてつけ加えた。

「あの当時の裁判というのは、実にめちゃくちゃなものだったようですね。弁護士はついてはいましたが、これは、英国法廷が、当事者主義ですから、弁護人がなければ審議をできない。しかし、一九四六年初頭の弁護人は英国人でしたから、弁護してくれたのか告発しなおしたのか、わからないところがある。三月に入って、復員待機中の日本人から司法官出身者や、海軍の法務将校を集めて、戦犯弁護部を作ったと記憶しますが、弟さんのケースはちょうどその端《は》境《ざかい》期《き》に当るのかも知れません」

「西村中将も、ここで処刑されたわけですか」

「いや、ここではない筈です。最初の裁判は昭和二十二年に、ここの政庁の横のビクトリア・メモリアル・ホールで開かれて、三週間くらいで判決が下った。その時は終身刑でした。ところがその後、西村さんは濠州に身柄を移されて、昭和二十五年に向うで死刑になった筈です。こういう無茶な裁判は、まず、ありませんな」

私は二つの裁判を耐えた人のことを考えていた。西村中将がどのような人であったか、私にはわかるわけはないが、マレーでの作戦中、あまり寛大とは言えなかった行為があったように記録されている人も、二回の裁判を受ける間には、どのような思いになったか、と私は想像していた。

「裁判記録のようなものは、一般には、手に入らないんでしょうか」

「さあ、イギリス本国と交渉すればどうかわかりませんが、ここの高等弁務官府あたりでも、持っていないんじゃないかと思います。たとえば、西村さんは戦犯裁判を受けながら、マレー作戦や近衛師団戦闘経過を書かれた。青や赤の色鉛筆で、英軍と味方との位置などをはっきり書いた堂々たる戦史だったらしい。それを英軍に提示されたそうですが、この西村史料は少なくとも、日本側は未だに手に入れていないようです。私が聞いたところでは、英陸軍省戦時史料室にあるということですが」

「弟のことになりますが、いったいどこで、どのような残虐行為をしたというのでしょうか」

「調べてみなければわかりませんが」

一江氏はためらいがちに言った。

「恐らく、華僑虐殺でしょう。シンガポールに入ってからなら。マレーだったら、西村さんと同じ嫌疑かも知れません。バクリという所の戦闘で捕虜を虐待したということです」

ボーイが、冷たい紅茶を持って入って来た。バクリの戦いについては、団の手記が何一つないのだから、私は何を思うこともできなかった。

「ご期待に完全にそうことはできないと思いますが、まず、ストレート・タイムズあたりを当って、何らかの情報が入れば、早速お知らせします」

私は飲みものをすすめられた。

「もう、お墓まいりをなさいましたか」

「いや、まだです」

「そのうちに、一日、私が時間をあけてご案内申し上げます」

「いや、お忙しいのに、とんでもない」

「いや、私自身、訪ねてみたいところもあるのです。平素、忙しいものですから、なかなか、行きたいと思っても行けません。実はこの、グッドウッド・パーク・ホテルも、戦争中は、日本の海軍武官府でした。水交社もあった筈です」

「そうでしたか」

私は一瞬、強力に、時間の巻き戻しの波に飲みこまれたように感じた。

「実は、チャンギー刑務所の見学を許されることになっているのですが、チャンギーまでは遠いでしょうか」

「ラッシュ・アワーだと少しかかりますが、普通、四十分みていかれたら、いいのではないかと思います」

一江氏はそう言ってから、

「私も、チャンギー刑務所にほうり込まれていました」

と言った。

「いつのことですか」

「昭和十五年の十月頃から一年以上です。その少し前に、ここの総領事館に参謀本部作戦班長の谷川大佐と班員の国武少佐が来られましてね、シンガポール島の防備状況を見て行かれました。その時、私は初めて、日本がシンガポール攻略を考えていることを知ったんです。その時、私がお二人を案内した。日露戦争の生き残りでマレーでゴム園を経営していた山川老に会わせたのも私です。これが英国側の特高にばれまして、裁判にかけられました。初めはオートラム刑務所に入りました。ここには未決監があったんです。そこから裁判を受けました。この暑い土地なのに、英国人というのはおもしろいですな。裁判官はちぢれた白髪のかつら《ウイッグ》をつけてました。それに黒のガウンと赤い肩掛けでした。入廷する時は、銀の法杖を持った従者が先導したりしましてね、えらく芝居がかった連中だと思ったことを覚えています」

「どれくらいの刑の言い渡しを受けられたんですか?」

私は尋ねた。

「三年の重禁固でした。私がここで外国に有利な情報を収集したからだというんです。その後で、『日英間の状態が、欧州における現在の新事態に即応するとせば、被告は当然銃殺にせらるべきである』ということでした。つまり、開戦後なら、殺されていた、ということです。その翌日にはもう、オートラムからチャンギーに移されました。チャンギー刑務所は当時、新築でした」

私は間もなく、一江《いちのえ》氏のオフィスを辞した。一江氏は玄関まで送ってくれた。

「日本人のお客さまは多いですか」

私は尋ねた。

「だんだん多くなりました。うちは、団体客はないので、その点は楽ですが」

「新平君に教えてもらったのですが、ここで、一番格式の高いホテルだそうですね」

「そう言われております。ご年配の方に多いんですが、東京の帝国ホテル、香港のペニンシュラ・ホテル、シンガポールのグッドウッド・パークという趣味の方が今でもいられますな」

その瞬間だけ、一江氏は、やや不自然な、セールス・マネージャー風の笑顔を見せた。

三

私が友人の弁護士から渡された紙にはB・L・リップという名前が、チャンギー刑務所・典獄として書かれていた。典獄とは古い言葉である。しかし、その夜、新平が何か不自由はないかと言ってホテルにちょっと寄ってくれた時、私は彼にその紙を渡した。その晩は新平は会社の人の家に招かれている、ということだった。

「まことにすみませんがね、明日にでも、この番号に電話をかけてくれませんか。私の英語でうまく先方に伝わるかどうか心許ないのでね」

「かしこまりました。明朝九時にかけます。チャンギーに行かれるのは、何時でもかまいませんか」

「かまいませんよ。私は、ホテルでずっと待ってますから」

新平はその通りにしてくれた。翌朝、部屋の電話が九時四十分頃鳴り、新平の声が聞えた。

「遅くなりました。リップさんが出てくれました。そしてよかったら、午後三時頃、来てくれないか、ということでした」

「それはどうもごくろうさんでした」

「小父さん、一人で大丈夫ですか？」

「ああ、有名なところだから、大丈夫です」

「リップさんは、一番先に刑務所の司令室《ヘッド・クオーター》へ来てくれ、と言ってました。司令室の場所は、刑務所の入口で聞いてくれ、とのことです」

「ああ、どうも、本当にご苦労さんでした」

電話を切ってから、私はリップさんとはおもしろい名前だと思った。「唇」というのと同じ綴りである。

私は二時きっかりには、ホテルの前からタクシーをやとって出た。車はひたすら東に向って走っているらしく、車の後ろの窓から、やがて陽がさすようになった。ふと通りの名を見ると、すでにそこは、アッパー・チャンギー路《ロード》であった。しかし、それから刑務所の門前に出る迄にはかなり時間がかかった。シンガポール島は、狭い国土を補うために、切りくずし埋立ての最中だと聞いていたが、沿道を見ているとそれがよくわかった。いたる所、藪や岡が切りとられて、そこに大きなアパート群が一種の無国籍的な味気なさで立ち並びかけていた。

タクシーは刑務所の高い塀の見える警備所のような所で停った。のどかな風景だった。面会の人々の通り道なのか、その奥に職員宿舎があるのか、子供を連れた女たちがしきりに通った。私は看守に司令室の場所を尋ねた。道なりに行くと右手だ、と教えてくれた。私は再び車に乗った。そして、がらんとした、芝生と花につづられた前庭を持つ静かな建物の前でタクシーを下りた。

私はすぐ典獄室に通された。マレーの国旗を飾った薄暗い部屋だった。この明るすぎる土地で思索的になるには、どうしても開口部を少なくするほかはないようだ。

間もなく、背の高い、のびのびとした体つきの背広姿の青年が入って来て、自分がリップだと名のった。こんな青年が典獄かと思ったが、中国系の人々は実際の年齢より若く見える上、私の年があらゆる人々を若く感じるせいでもあろう。リップ氏は私に椅子をすすめ、用向きはすでに知らされている、と言った。

「弟さんは何年に処刑されたのですか」

彼は尋ねた。

「一九四六年です」

リップ氏はちょっと考えていた。

「まだ、英国の管理下にある時でした」

「あなたはまだ生れていられなかったんじゃありませんか」

「生れてはいましたが、子供でした」

リップ氏は笑った。

「あなたがいらっしゃるというので、昔からたった一人残っている看守に、当時のことを聞いてみました。彼は一九四八年にここへ来たので、当時のことは知らないのですが、今と昔と、規則は殆ど同じだそうです」

私は頷いた。私は、このいかにも明るく気立てのいい秀才型の戦後派の典獄を悲しませたくはなかった。

「今、刑務所のほうへ、ご案内するように電話をさせます。写真をおとりになることだけはご遠慮願いたいのですが」

「それは心得ています」

「車は私ので、刑務所の入口までお送りしますから」

連絡がつくまでの五分間ほど、私は彼と日本の話をした。彼は今までに三度、日本に来たことがある、と話した。彼はきれいなきわめて日本風の発音で「コノエシダン」と言い、彼らが近衛ではあっても、英軍と違って、れっきとした庶民の出の集まりであることまで知っていた。

私はシンガポールで、最も好ましい若い有能な官僚の一つのタイプに出会ったのかも知れない、などと考えていた。

私は、看守の一人と、典獄の黒いベンツに乗り込んだ。そして、つい今しがた道を聞いた詰所の所で車を下りた。

私は看守と高い塀に沿って歩いた。最初の鉄のゲートまで来ると、看守は中をさして、

「そこで刑務所長がお待ちしています」

と私に敬礼した。

私は一人で開けられたくぐり戸から中へ入った。

中は学校の通路兼廊下の構造にきわめてよく似たがらんとした空間だった。私はそこに、三人の制服の男たちがいるのを見た。一番手前にいるのは、インド人としか見えない恐ろしく背の高い男で、これも一見インド軍そっくりに見える制服を着、手に短い指揮棒のようなものを持っていた。彼は自分で所長だと名のり、私と握手し、自分の次にいた男を紹介した。それは頭に白いターバンを巻いた、インド系のシーク族だった。三番目もやはり、やや、色の黒いインド系の人だった。

私は一瞬、動揺した。典獄が中国系で、現場の主だった重要なポストはいずれもインド人が占めている。新平が言ったシンガポールの人種的な配列をかくも明らかな形で見せつけられよ

うとは私は思わなかったのであった。私はこれは偶然だろう、と思うことにした。何事によらず、典型というものは、あり得ない筈なのだから。

三人の考え深げなインド人は何も言わずに先に立って第二、第三の錠のついた戸をくぐり抜けた。そこにはちょっとした中庭のような空間がひらけており、正面に石の壁、スレート瓦をふいた三階建の建物が立っていた。

これは、団も見た光景だったのだろうか。

「この刑務所は一九三六年にできたのです」

所長は言った。彼は英国人との混血人らしく見えた。発音も英国風で、必要最低限しか口を開かない喋り方だった。一江氏は一九四〇年にここに入った時、新築だと言ったが、つまりできてからまだ、四年しか経っていなかったということなのだろう。

「恐らく、あなたの知人がいられた頃とは、中の空気はすっかり変ってしまいました。建物は同じですが」

所長はリップ氏とはややニュアンスの違う表現をした。私たちは左手のほうに廊下を廻り込んだ。すると囚人の一団とすれ違った。彼らは白の上下を着ていた。一様に無表情な顔をしていたが、二の腕に刺青をしている者もいた。

やがて私は、一大パノラマを見られる空間へ出た。それは、体育館ほどもある屋根つきの建物で、巨大な洗濯場になっていた。蒸気をあげている機械やアイロン台が並んでおり、百数十人と思われる囚人たちが、それぞれの部署で働いていた。誰かが号令をかけると、彼らは次第に気がついてこちらを向いて、直立不動の姿勢になった。

「シンガポール中の病院の洗濯はここでやっているんです」

私はそう説明された。

しかし私はそこで別のことに気をとられていた。洗濯作業場の外はバレーボールやバスケットなどの運動場になっているらしい。そこに、私の名も知らぬ赤い花が咲きこぼれるように咲いていた。その向うに小さなパゴダがあった。私はその時、本能的に、団の死を感じたのであった。

9

一

そうこうするうちに、土曜日になった。

「本当に、仕事にとり紛れて、ほったらかしにして、申し訳ありませんでした」

真野新平から、そう言って電話がかかって来たのは、土曜日の、午少し過ぎであった。

「当り前ですよ。君は働いてるんだ。初めから当てにはしてないよ」

「明日は、日曜ですから、せめて一日、どこなりとご一緒させて下さい。今までにどことどこをごらんになりました？」

「一応、観光もしましたよ。植物園はよかったね。ラッフルズ・ホテルも、ラッフルズ広場も行って来ました。マウント・フェーバーにも上って来たし」

それは嘘ではなかったが、ここ数日、私はグッドウッド・パーク・ホテルのセールス・マネージャー・一江和則氏からの電話を心待ちにして暮していたのである。一江氏は、何も私のために、団の処刑の真相を調べてくれる責を負うものではない。一江氏は、あくまで、「好意で」調べてみようかと言ってくれたに過ぎないのだから、私は彼をせっつくのはいやで、何としても、向うから声がかかるのを、待っていたのだった。

「日曜は、お墓まいりに行かれますか？　もしまだでしたら」

私のホテルの部屋には、まだ日本から携えて来た、弟の団の好物のカルピスの壜がおいてある。しかし、私は、団の墓まいりは、最後にしたかった。できれば、団の死の真相が少しわかってから、墓まいりをしたかったのである。

「お墓といえば英濠軍側の墓地があるんでしたね」

「ええ、あります。クランジという北のほうにある筈です。私もまだ行ったことがないのですが」

「向う側のお墓にもまいるつもりでいたんですよ。おかしなもんだね。面と向って撃ち合いが始まれば知らないけど、初めは、何ら憎しみなしで始めるんだからね、戦争というものは」

「でも、意図的に、かき立ててやったでしょう」

「それはそうだけど、その手に引っかかる我々のインチキさがおもしろいね」

「とにかく、朝九時半頃、お迎えに上ります」

真野新平はそう言って電話を切った。

もう前にも書いたかも知れないが、熱帯の朝くらい爽やかに心をそそるものはない。シンガポールは湿気が多くて、私のような日本の風土に馴れたものは、その光景の瑞々しさほど、健康地とは思えないが、それでも、朝はひんやりとして、大地は、天から与えられた恩恵のようなひえびえとした露を抱いているように感じられる。ホテルの玄関前にはジャングルを思わせる南方の植物が破風のあたりにまで植えられていて、それが縦横無尽にのびて拡がり、垂れ下っている上、庭師らしい男がそこにたっぷりと水をやっている。そのためになお、朝はしっとりと感じられるのかも知れない。

私は新平を待っている間、おかしなことを考えた。私が今、この土地で、癌を病んでいるとしよう。私はどこかのきわめて庶民的なアパートの小さな窓の傍のベッドに横たわっている。この光、この風、この小鳥共の囀《さえず》りの中に、自分の死病を知りつついるとする。そうすると、日本のあの、何ごとによらず、物事を、深刻に重大に増幅して考える風土の中でより、死を耐えやすいのではないか、と思ったのである。シンガポールは別として、東南アジアを歩けば二言目に出るのは、日本はどうして今日のような近代化をなし得たか、という疑問だという。その答えは——私のような一商人にわかることではないが——日本はすでに幕末から、国民一人一人がネイションの意識を持っていたからだという説が一つある。又、アジアの中で、日本のみが、封建社会から市民社会が生れるという、マルクスの法則を、曲りなりにも辿ったのだということは言えるのだという。この特徴は、ヨーロッパをのぞくと、アジアでは日本だけが有していたものであった。

しかし今、私は思ったのである。日本の近代化の一助となったものは、日本の風土ではないか、と。あの暗さと、きつさの中で、日本人は自分をとりまく自然に、全くと言っていいほど、酔えなかったのだ。だから、「風流」などということが言われた。この南方の土地には風流はいらない。その土地に、或る人間が住めば、それだけで酔っていられる。風流とは、人間が決して甘くない自然を騙し、自然と決して心を許さずになれ合うための姿勢をあらわしたものではないか。

新平は時間きっちりに来た。律儀な青年である。私の見るところ、総じて、ろくでなしの、迷惑をかけるような親に、却ってしっかりした子供ができる。

「チャンギーはいかがでした。何かわかりました?」

新平は尋ねた。

「いや、人間はもう全部戦後派ですからね。看守の一番古い人が一人いるそうだけど、その人でさえ、団が死んでから二年だか三年だか後に来たんだそうだから」

「中は、ひどい感じですか」

「居住室は見せてもらえなかったんだよ。それと処刑の場所も。あの辺に台があったらしいというあたりは教えてくれたけれど、今は只、ブーゲンビリヤが咲いているだけでね。人間の生も死も実に、はかなく消えるね」

私はその言葉を、新平でなければ言えなかったかも知れない。団の死んだ年頃と近い、若い新平に、私は、人間の生涯の、本質的な無残さを教えておきたかったような気がする。人間の無残さの形はそれぞれである。私は何も、絞首刑を受けた団の死だけが無残だというのではない。他人にも言いにくいような、やや喜劇的でさえある新平母子の関係さえ、それはそれなりに、充分、無残である。

「いや、しかし、現在のチャンギーの食物《くいもの》のよさには驚いたぞ」

私は、新平が黙ってしまったので、その心を引き立てようとして言った。

「どういうふうにですか」

「飯はそれぞれの人種や宗教的戒律に従って四種類に分けられてた。タミール、ユーロピアン、チャイニーズ、マラヤンさ」

タミールというのは、セイロン島を含む南インドの総括的な呼び方だと思うが、つまり彼らはヒンドゥ教徒だから、牛肉は食べない。マラヤンは回教徒だから豚は食べない。ユーロピアンは米の飯を食わない、ということなのだろうか。

「うまそうでしたか？」

新平は尋ねた。

「ああ、我が家のまかないよりはよさそうに見えたね。私はチャイニーズ用の料理を作ってる部署をよく見せてもらったんだけどね。昼は、野菜と魚と豆腐と飯、夜は、牛豚羊のどれかと野菜、飯、それにスープとお茶だと言ってた。私の英語だから、少々は聞き違ってるかも知れないけどね。しかも、すごいのはその量さ」

「へえ」

「日本の重箱そっくりのサイズの金ものの弁当箱だ。三分の一がごはんで、残りが三等分されてて、つまりおかずが、三種類さ」

「悪くないですね。弟さんたちの時も、そんなものを食べさせてもらったんでしょうか」

「そうじゃないらしいよ。当時はチャンギーに二千人いてね、ひどくお腹を空かせていたんだ。朝が米の粉の粥、夜もお粥だけだったという。団が書いたものの中に、手記は主に食事の直後にだけ書いている、という意味のことがあったけど、お腹が空いている時には、考えがきちんとまとまらないと言うんだ。それに空腹のことばかり書くようになるから、と書いてあったところを見ると、よっぽど、食べていなかったんだと思うね」

「僕たちは、そういう苦痛の原型みたいなものを知らないから、甘くなるんでしょうね」

『コンクリートの固い寝床の上に、空腹をかかえていると、自分の精神が後退して行くのがわかる。飢えと引き換えに、魂を売り渡そうという気分がよく理解できる。(中略)人間の精神力、とその範囲は、いったいどこにあるのか。

すでに、私は自分の精神の惰弱さをいたる所で見た。自分は人間よりも多くの場合動物であった。それは私に決して絶望を与えなかった。肉と霊の、この渾然たる不可思議な融和、そのどちらかが、どちらかの足を引っぱり支え、高めも低めもする、この相剋と協力を見るとき、私は天体を連想した。自分の中に、一つのミクロ・コスモスがあることを実感できた。そのどちらかが欠けていても、人間はこれほど、おもしろく、複雑に、かつ偉大にならなかったであろう』

と団は書いている。

二

クランジの戦没者墓地は、シンガポール島北部の、クランジ川に沿った部分にある。明るく、清潔で、人影もない。墓石は一定の形でその間に実に優しく花が植えられている。三万人がここに眠っているという。私は墓標に刻まれた墓碑銘を少しばかり読んで歩いた。遺骸のない墓には、正直に「この近くに埋められている」と書いてある。オーストラリヤ軍が殆どであった。

第二一四機関銃大隊の戦死者が多いのは、どこで戦ったのであろう。

「ちょっと、見てごらんよ」

私は真野新平に言った。

「何か変った人がいますか」

「いや、三十八歳の兵がいるからさ」

「三十八歳でね。珍しいんですか」

「珍しくもあるけど、よくわからんのだよ。三十八歳は志願か、それとも根こそぎ召集か。いずれにせよ、その年では別の意味でやっぱり死にたくなかったろうしな」

私はその男の墓碑銘を覗き込んだ。

「何と書いてあります」

「ヒィ・ダイド・ザット・ウィ・マイト・リヴ。彼は、我々が生き残るために、死んだ、かね」

新平は一瞬、顔をそむけた。

「そういう死に方でもなかったんだろうけどなあ」

私は呟いた。

「眼に見えるような勇敢な戦い方をする人間なんて、殆どいやしないさ。この老兵は、年寄りで行動が遅くて、要領が悪くて、皆のお荷物だったかも知れないのさ。それでも、弾丸《たま》一発撃った。手榴弾一個投げた。それで死んだ。それらの人間の死骸のこっち側に、生き残った人間はいるんだからな」

「虚《むな》しいです」

新平は、そっとハンカチで顔のあたりを拭ったが、それは、実は涙を拭くためだったのではないか、という気が、私はした。

「戦争は虚しいよ。どいつもこいつも犬死だった」

「しかし、小父さんはご存じないでしょうけど、今ここで、生き残っている世代だって、虚しいんですよ」

「そうかね、シンガポール人がかね」

私は一応、そういう返答をした。

「《シンガポールを清潔に保ちましょう》《キープ・シンガポール・クリーン》なんて合言葉なんか作って、国造りに夢中になってるように見えるけどね」

「ここへ来て間もなく、おもしろいことがありました。シンガポール人の車に乗って、空港へひとを迎えに行ったんです。私が思わず《国際線の乗場ですよ》と言ったら、シンガポール人が、けらけら笑うんです。考えてみたら当り前ですよ。シンガポールには、国内線なんてないんだから」

「そらあ、そうだ」

「それから、その男と親しくなりました。彼の息子はイギリスの大学を出て帰って来て、今、軍隊にいるんだそうです。ここは兵役の義務がありますからね。ところが、実に虚無的で、生きる意欲を失ってるんだそうです」

「家に金があるからじゃないか。食うに困らないくらい、人間の精神を腐らせるものはないからな」

「食うにも困らんでしょうけど、とにかくその息子が言うには、シンガポールで軍隊を作って何になる。英連邦軍は、日本軍が攻めて来た時、ここを八日しか保てなかった。今のシンガポールでは、刑務所へ行くかわりに兵役に行けばいいから、軍隊では人殺しを、国家の税金で、いよいよ人殺しがうまくなるように訓練してる。第一こんな狭いシンガポールなんて国家じゃあない」

「実際にそう言うのかね」

「そうだそうです。頭も悪くない、親孝行な、気立てのいい華僑の青年だそうですけどね。僕は考えさせられましたね。今の日本人は、皆、国家というものを多少とも荷厄介なものだと思ってるところがあるんです。つまり世界国家みたいなものだったら、どんなにいいだろう、とかですね。具合の悪いことが起きたら国家のせいにするんですよ。しかし、自分が、日本国に所属していることの、本当の良さと悪さについてはまだ考えていなかったんじゃないかという気がするんです。日本は、いい意味でも、悪い意味でも、国家として充分すぎるものを持っているでしょう」

「それはそうだな。人間は国家によって生かされもするし、殺されもする。国家のないことによって、やはり生かされもするが、殺されもする」

私は墓地の入口で一括して頭を下げた。

「せっかく、クランジまで来たんですから、僕が知っている戦跡を一つだけ、ご案内します」

私たちは再び、車に乗り込んだ。

「実は、一江氏のことなんだけどね」

私は新平に言った。

「すぐ、事がわかる、というもんでもないことはわかってるけど、これで、三日になる。せっつく訳じゃないけど、ほっといていいもんだろうか。忙しい人だから、決して無理してくれなくてもいいんだ。何もわからなくたって、私としちゃ団の墓まいりさえすればいいんでね。只あまり、ほったらかし、というのも、気になるし、よければ、当地の日本料理屋へ招待してもいいし……」

「日本料理上りたいですか」

新平は心配したように尋ねた。

「いや、私は一向に食べたくないけどね。一江氏でも招《よ》ぶとすれば、そのほうがいいかと思っただけだ」

「ここには、大した日本料理ないんですよ。それに、一江氏のことはほっといていいんじゃないですか？　あの方は、ホテルマン向きじゃない。ジャーナリストにでもなったら、よかったんじゃないかと思う人なんです。だから、小父さんのためというより、自分自身の興味ででも、調べたい人だと思いますよ」

「そうかな。じゃ、今日、明日は黙っていようか」

私たちはいつの間にか、島の北の端の、ジョホールの水道の見える所まで来ていた。その海岸附近も、ついこの間までは、満潮になると、海の水のじゅくじゅく入って来る湿地帯で、住む人もないような場所だったのではないかと思うが、今は埋立てが完了して、あたりはちょっとした工業地帯になって、木材を積んだトラックが引っきりなしに出入りしていた。

私たちは車から下りて海岸まで行く道を辿った。道は左右から枝を伸ばした鬱蒼《うっそう》とした木の繁みで、トンネルのようになっていた。

「涼しい道だね」

私は、ほっとして汗を拭きながら言った。

「これが、マングローブですよ」

「しかし、この両側には、水はないよ。マングローブというのは、水の中に生えるものじゃないのかな?」

「満潮になると、この辺まで、潮がさして来るんだそうです。兵隊さんたちは、ジョホール水道を渡ってここらあたりのマングローブにとりついた。それからこのすぐ上の台地に上ったんだそうです」

私たちは、その言葉通り、台地の上まで歩いて行った。

「この間、上陸後は、近衛師団はマンダイ山に向けて進んだ、とおっしゃいませんでしたか」

「ああ、記録によるとそうなってる」

「昨日、聞いて来ましたら、ここなんだそうです。ほら」

新平は、私を台地の端に連れて行った。マレー側から海を渡った四本の導水管は、そこから真直ぐに、シンガポール島の内陸部に向けて走っていた。

「あれが、マンダイ山です」

新平が教えてくれたが、一瞬、私は目標をつかめなかった。

「どれが?」

「あれです。あの、桃色というか、赤むけになったように見える山です」

それは低く、乳首のような生々しい色をほんのぽっちり、緑の上にのぞかせていた。

「この導水管は、マンダイ山の近くまで行っているので、兵隊さんたちは、これについて行け、と言われたんだそうです」

「あり得ることだな。しかし、あのマンダイ山は……」

「僕も、昔のことはわかりませんが、今シンガポールは、国中埋立てでしょう。それで、マンダイ山の土もけずってみな持ってってしまう予定なんです。数ヵ月後に来られたら、もうマンダイ山跡の平地しかごらんになれなかったわけです」

「どこも、そうなんだな」

私はさりげなく答えたが、実は胸を衝《つ》かれていた。私は、月日が、とうとうと音を立てて流れる無情さを心に感じていた。団も私も、その濁流の中の小石であった。

その夜、早目にホテルへ帰って休んでいると、一江氏から電話があった。

「チャンギーには、おいでになりましたな」

「はあ、どこに弟がいたかもわかりませんが、一応、彼の眼にふれたであろう光景を見せてもらって来ました」

絞首台があったと言われる附近にはブーゲンビリヤが咲いており、赤いクロトンが植えられていたことを、私は報告した。

「実は、少しばかり意外な事実がわかりましてね。弟さんが死刑宣告を受けられた日の新聞その他を調べましたら、直接の関係者はいないんですが、その関係者から、その事件の話を聞いたことがある、という人物が出て来たんです。もっとも、それがどの程度、信用できる人物かどうかはわからない。穀物問屋で働いている人だそうで、その人物をよかったら、明日にでも連れて行く、と言うんです」

「それはそれは」

「今、簡単に申し上げますと、こういうことなんです。ブキテマ路《ロード》の北側に、ラッフルズ・パークというのがありましてね」

「そこなら行って来ました」

「いや、あなたが行かれたのは広場のほうでしょう」

「そうです」

「あそこはラッフルズ・プレースです」

「なるほど」

「そのパークの北側に小さい村《カンポン》があって、そこに二月十四日の夜に、何人かの日本の兵隊が押し入った。そして、そこの家族を殺して物を奪った。その中に弟さんがいた、というのです。

というより、指揮をしていたというのです」

「なるほど」

　私は心騒いだが、黙って聞いていた。

「その一家は殆ど殺されたんだけど、一人だけ、当時四十五くらいだった当主の弟という人が、刺されて重傷を負いながら一部始終を見ていた。その人の証言で、弟さんが逮捕されたのだというのです。今、シンガポールにいる人は、この、当時四十五歳だった男の姪の一人を細君に貰った中国人で、だから直接の目撃者じゃない。只、この義理の伯父さんという人に、何度かその夜の話を聞いて傷あとも見せてもらった、というんです」

「その目撃者の伯父さんという人は、生きているんですか」

「死んだそうです。五年ほど前とか、言ってました」

「どうも、ふに落ちない話ですが、伺ってみたいです」

「いつでも呼んでくれるそうです。新聞社の知人がその男に電話したら、何時でも、店の主人にひまをもらって、一、二時間くらいなら出られるから、と言ってたそうです。しかし私の予測とは少し違いました」

　一江氏は言った。

「どう思っておられました？」

「こんなドサクサまぎれじゃない、もっとあとの組織的な華僑虐殺だと思っていました。何しろ、何千人と殺したんですから。何万人という説もありますが、かたく見積っても、何千人か殺した。それに関係した、と言われると、軍人さんの数もかなり多くなるんです」

「それにしても、ずい分お手数をかけたのだろう、と思います。それだけ探し出して頂くためには」

「いや、私はこの土地に、友人が多いのでね」

「明日、そうすると、その中国人の人に会うことになりますね」

「そうしましょう。これから、そのうち合わせをしますが、そうだ、よかったら、明日十時頃に、一応ホテルにおみえ下さいますか」

「そうさせて頂きます」

電話を切ってから、私はベランダへ出てみた。むっとするような、生ぬるい空気の中ですぐ足許の、昼間、駐車場になる広場には、すでにきらきらと明りをつけた屋台がたくさんででおり焼鳥《サテー》の煙も景気よく上っている……。

三

翌日、一江氏に会いに、グッドウッド・パーク・ホテルに行く時、私は、カルピスの壜を風呂敷に包んで出た。何かがわかったら、墓まいりだ、と心に決めていたからだった。

「昨夜、あれから、新聞社の友人に電話したら、その男を、今朝、ここへ連れて来てくれるそうです。その人は、ダウン・タウンのほうで働いてる人で、この辺にはあまり寄りついたことがないそうですから」

一江氏は私の顔を見ると言った。

「おっつけ、現われるでしょう」

「今日一日、あなたは出られて大丈夫ですか」

「いや、いいんです。ここは閑職でしてね。日本と違います」

十分ほどすると、一江氏のデスクの上の電話が鳴った。一江氏は英語で答え、すぐに受話器をおいた。

「今、玄関に来てくれたようです」

私たちはただちに部屋を出た。一江氏は、石油会社のくれたシンガポールの地図を持って来た。

黄色いパンタロンをはいた三十くらいの女性が一江氏を見るとにこやかに近づいて来た。新聞社の友人というからには、男かと思っていたが、女なので、私は少し意外だった。

「ミス・陳です」

私はそう言って紹介された。すぐ傍に、痩せた白いシャツの中国人がいた。それが問題の男だった。彼と一江氏は中国語で喋った。

「陳さんを送ってから、我々はその場所に行きましょう」

入口を出る時、一江氏はミス・陳を軽く抱くようにして通らせた。私たちは一江氏の車に乗り込んだ。それから、ミス・陳をどこで下ろすかについて少しもめた挙句《あげく》（ミス・陳は日本人と同じように、少し遠慮したのを、一江氏は、そんなことを言わずに、どこ迄も送ります、というようなことを言って相手を喜ばせていた）、結局、広い道の交叉点で、彼女は下りた。

「いいんですか、こんなところで」

私は助手台に坐っていた一江氏に言った。

「いいんだそうです。これから、まだ行くところがあるから、と言ってました。取材でもあるんでしょう」

「あれがお知り合いの新聞記者でしたか」

「いや、知人は男です。彼女はその下にいるスタッフです」

なぜこんな余計なことを喋っているのか、私は自分の心理を測っていた。私はこの、高とかいう中国人に対して、頭を下げたけれど、握手はしなかった。向うも、多少場違いな所へ来たと思っておろおろしている様子だから、握手しなかったことは、別に大した悪意のあらわれとは思わなかったろう。私は彼を怨《うら》む理由は何一つない。団が、強盗、殺人の犯人だと証言したのは彼の女房の伯父さんで、その人はもう死んでしまっているのだから、この男は殆ど何の関係もないのである。中国人の年齢はひどく若く見えるというから本当のことはわからないが、この高氏自身がちょうど四十五かそれくらいに見えるので、先刻から今迄に二回くらい、私は瞬間的に、彼自身が当時の目撃者だと思いそうになるのだが、これは多分、私の老化現象であろう。

一江氏は、前の席から振り返って高氏に何かを尋ねた。それから地図を出して、高氏に見せた。これから行くべき場所を示させているらしい。しかし高氏には、地図を読む力があまりないらしい。一江氏が、少し違う場所を何ヵ所か指すと、どれにも《そうだ、そうだ》と答えているらしい気配である。

「ちょっと、場所がはっきりせんのですがね、まあ、行ってみればわかる、と言うのですから、その通りにしてみましょう」

車が走る間に、一江氏は高氏から聞き出しては私に通訳してくれた。

「その伯父さんとその兄の一家ですがね、何の職業だったか、と尋ねたら、ゴム園で働いていた、と言うんですね。当時は、この近くにも、まだゴム園がたくさんありました」

「とすれば、裕福な家ではなかったでしょうね」

「まあ、村の暮しですからね、よくても悪くても、たかが知れていましょう」

「今、おかしなことを考えたんです。団がもし強盗に入るとしたらですね、裕福な家か、貧しい家か、どちらへ入るだろう、と思いました」

「なるほど」

「私がやるにしても、銀行強盗です」

「それはそうですな」

「貧しい家に入っても仕方がありますまい。団にしても、入るなら、抵抗の大きいものを選ぶだろう、と思います。第一、ゴム園の労働者の家に入っても、何がありますか」

「中国人は金目のものはとっくに埋めたりなんかして隠してますからね。その点は、日本人なんかと違って抜け目ないもんです。兵隊が押し入ったとしても、金の指輪一つ見つからなかったでしょう」

「とすると、目当ては食糧ですか。豚か鶏でもいましたか」

「それと、女でしょうな。伯父さんの奥さんと娘は犯されたそうです」

「わかりませんが、団の手記の中に、性欲が全くなくなっていることが書かれてあります。慰安所に行きたい奴はいるか、手をあげろ、と言われると、二、三人ぽつぽつ手をあげた。まだそんな余裕あるのかなあ、という感じだった。しかし、その、二、三人も、多分、本当に女を抱きたいわけじゃない。慰安所に行くという名目で、シャバの空気を吸いたいんだろう、と書いています。もっとも、人間、最後のどたん場では、どうなるかわかりませんが」

車はやがて中国人墓地の角を曲った。中国人の墓は沖縄で見られるように亀甲墓である。その奥にシンガポール・アイランド・カントリー・クラブというゴルフ・コースがあり、クラブハウスがあった。車は高氏の言うままにそこを左に曲った。もう舗装は尽きている。車はすさまじい土埃をあげて走った。

道の両側は、一種のジャングルであった。と言っても、自然の景観を残すために、政府がわざと残した豪快な自然保護林という感じでもない。少しばかり広い空地に、縦横に、木が生え繁った、という感じである。

高氏は何か言い、一江氏は車を停めさせた。

「ここなんだな」

と一江氏は言っているようだった。

「そうです。ここです。ここに、家が二軒あった」

と高氏は答えているらしい。夜であった。戦争の終る日か、終った日かどちらかだった。兵隊が急に入って来た。伯父たちの家族は驚いて震えていた。兵隊たちは男たちを外へ連れ出した。すると、細君と子供たちが叫んだ。兵隊は男の子をまず刺した。

「そういうことです」

子供たちの叫びを聞いて、外の男たち二人は何とかして中へ入ろうとあがいた。すると、兵たちがそれぞれに、男たちを刺した。二人の男たちは血まみれになりながら、家の中によろめき入った。兵隊たちはそのうちのどれが、夫であり父であるかを確かめた。そして当家の主をおさえ込んだまま、髪をつかんで顔を上げさせた。それから、彼らは幼い男の子の死体の転がっているすぐ傍で、母と姉を凌辱した。

高氏の細君の伯父さんは、出血が多くて、もう駄目だと思ってそこに倒れていた。女たちの悲鳴が聞え、やがて、それが静かになり、虫のすだくのが聞えた。

10

一

今、私たちは、暑い草いきれのジャングルの末端の草むらの端に立っていた。一江和則氏はしかし、その、人間の心をむしばむような暑さには、少しも冒されていないように注意力を保ち続けていた。

「今、高氏に、伯父さんは何を見たのか、と訊いたんです。夜だった。戦争の最中ですからね、明りも充分だったとは思えない。しかも、動転している、なんて言葉では、とうてい表わし切れないような状況の中にいたわけでしょう。しかも、伯父さん自身、肩と腕にひどい傷を受けていた。その中でどうして兵隊を見きわめたのか、ということですね」

一江氏は私にそう通訳してから、相手に、話を始めて貰いたい、という身ぶりをした。私は高氏が喋る間、待っていた。私たちの足許には、どこから迷い込んで来たのか二羽の鶏が地面を漁《あさ》っていた。それはチャボに近いほど小さな鶏だったが、いかにも生活を楽しんでいるという感じだった。いずれ彼らも食われてしまうのであろう。動脈をすっぱりと断ち切られ、熱湯を入れた罐の中に三分間漬けておけば、たちどころに毛はむしることができるようになり、料理されてしまうのを、私はこの旅行で何回も見た。しかし今、この瘦せた鶏は、日本ではもはや見られなくなったのびやかさで、大地とたわむれていた。

高氏は、ほそぼそと、切れ切れに、かなり長く話した。一つの命題について、一分以上まとめて一人で喋れるかどうかが、インテリとそうでない人間との違いだという「暴論」をいつかどこかで聞いたことがある。その意味では高氏は喋り馴れない人らしかった。一江氏が時々、話を続けられるように、手助けの質問を与えているようだった。

「伯父さんは、その時、ひどい手傷を負ってはいたし、もっと決定的に殺されるかも知れないという恐怖を持ってはいたけれど、何の罪もない家族を、こういう目に遭わせた相手を何とかして、覚えておかねばならない、と思ったというんですね」

「それで、顔を覚えたんでしょうか。背の高さとか、黒子《ほくろ》とか……」

私の質問を、一江氏は途中でまた補足して尋ねた。

「それも覚えたけれど、それより、彼ら三人を指揮していた人の名を、伯父さん、という人は覚えていた、というのです。それが『ダン』という名だった。後の二人の兵隊がしきりにそう呼んでいた、というのです」

私の心の中には焔のように燃えるものがあったが、不思議とその焔は熱を帯びてはいなかった。

「伯父さんはひょっとして、その『ダン』という人物の階級を覚えていなかったんでしょうか」

一江氏は、私の言葉を通訳してくれた。高氏は答えながら、微かに首を横に振っていた。

「下士官だったと思う、というのですが、とにかく、自分ははっきり覚えていない。伯父さんが生きていた間は、その点についてちゃんと証言した筈だ、と言うんです」

「いずれにせよ、ここだったのですね、場所は」

高氏は一江氏の通訳を聞いて、まちがいない、という表情を示した。

「確かにそうだったそうです。日本兵たちは伯父さんも死んだものと思っていただろう、というのです。何しろ、そこにいた他の人たちは全部死んだんですから。全部殺してしまえば、誰が何をしたかわからなくなるわけだ、と言うんです。しかし伯父さんは近所の村《カンポン》まで這って行って救いを求めた。その後、兄やその家族の殺された家には住む気にならなくて、かなり長い間、きょうだいの家で暮していたんだそうです」

一江氏はそう言ってから、

「この人が、嘘をついている訳でもないでしょうけど、何しろ、伯父さんから聞いた話というのでは、あまり信用できませんね」

とつけ加えた。

「本当に、この人が当の伯父さんだったらと思いますな」

私は思わず、先刻から胸の中に溜っていたことを言った。

「私は、若い頃の団の写真を持って来たんです。残虐行為をしたのが、こういう顔をした人間だったかどうか、見てほしかったです」

「私は、そういう記憶を信用しませんね」

一江氏は穏やかに言った。

「私は眼もいい方です。人の顔を覚えるのもそれほど下手ではないつもりです。しかし、そういう時に、相手の顔をはっきりと見覚えられる自信はありません」

一江氏はそう言い捨てると、鮮やかな身のこなしで、高氏を促して、車のところへ帰るように言った。三人は再び、暑い土の道をぽくぽくと百米ほど歩いた。

「問題は、近衛師団がその夜どこにいたかです。弟さんが、戦線を離脱して、ここ迄来られる状態にあったかどうかです」

「調べられますか」

「調べましょう。もう一度、大切なことを訊いておきましょうか。伯父さんの一家が殺されたのは、二月の十四日と聞いていたけど、それにまちがいないか、ということですね」

一江氏はそう言うと、当惑したような表情で並んで歩いている高氏に尋ねた。それから何度か念を押すようにした後、手帳をとり出して、いくつか数字を書きつけた。

「私の聞き方がまちがっていたようです。伯父さんの家族の命日は、二月十五日だ、というんですね。二月十五日、と言うと、その日の夜、六時から八時の間に戦闘は終っていますのでね」

「虫の啼くのが聞えたほど静かになったわけでしょうか。砲声が熄《や》んで……」

「いや、砲撃の合間にも、或いはそういうことがあり得たかも知れませんがね。戦争というものは、場所によって、あらゆる信じられないことが起り得ますから」

私たちは車の所へ戻った。私は途中、何度か汗を拭いたが、一江氏は只の一度も、暑そうな表情を見せないことに私は気がついた。再び、高氏は助手席に、一江氏と私は後座席に乗って、車は走り出した。途中どこかの四つ角で高氏を下ろした。

「サンキュー」

と私は言った。高氏は頷いて微笑した。お互いに、どれほどもどかしく思ったことだろう。

私たちはそのままグッドウッド・パーク・ホテルの一江氏の事務室に戻った。

「今、冷たいものを運ばせますから、一休みなさって下さい。私は間もなく戻ります」

一江氏はそう言って部屋を出て行ってしまった。外の光線を遮って冷房をきかせた部屋では、汗はたちどころに強引に引かされ、皮膚は病的なほどさらさらになる。間もなくボーイがおしぼりとアイス・ティを運んで来てくれた。冷房機の唸《うな》りだけが響いている。たった今、連れて行かれた場所、聞かされた話は、少しも私の心の中にしみ通っていない。

十分程も経ったろうか。一江氏が、又、涼しげな表情で戻って来た。

「お待たせをいたしました。私の資料を置いてある部屋が、向うにありますので、そこでちょっと記憶を確かめて来ました」

ホテルに小さな図書室があって、その一部に一江氏が、私的に集めた本を公開して置いてあるのだという。

「何をお調べ頂いたのですか」

「二月十五日の、近衛師団の居場所です」

一江氏はそう言いながら、机の前に腰を下ろした。

「近歩五は十四日の午前中に、『トアパイヨを占領すべし』という命令を受けている。このトアパイヨのちょっと北が南水源地の東に当っていて、八〇高地、八六高地と呼ばれる地点に英軍がいた。近歩五は、十四日夜の攻撃によって、この八六高地を奪取した後、南のシンガポール市へ向って進み、カラン飛行場方面に進む予定だった。その晩、シンガポール市内は燃え続け、暗夜のアスファルト道路は避難民でごった返していた」

「その夜、としたら問題の地点には行けないでしょうか」

「無理でしょうね、彼らは行動に移ろうとしたところ、後ろから射たれて釘づけになっています。そして翌十五日、夜明けから開始された攻撃は、反撃を受けて膠着状態になっていた……それで夜八時頃、砲声が熄んだ。万歳の声が聞えて来た。敵降伏が知らされた」

「十五日の夜ですね」

「そうです」

「それからなら、例の地点に行けたかも知れない、ということになりますな」

「心理学的にどうでしょうね、負傷者も大分出た直後です」

「しかし、誰かがそこへ行って、そういうことをしたのでしょうから」

私は考えながらつけ加えた。

「質問を変えましょう。誰が、そこへ行けたか、ということです。どの部隊が、その地点の近くにいたか、ということです」

「問題の地点は一二〇高地というのです。その近くにも、近衛師団でない兵がいたことはいた。つまりこのあたりは、近衛師団と第五師団の管轄の境目だったんです。私が興味を持つのはその点です。偶然か、故意か知らないが、実に微妙な地点を狙った。どちらの兵がどういう意図でやったのかわからない。お互いに、相手がやったと思わせるようにしたのか、それとも、たまたま、あの地点がそういう盲点だったのか」

私には一江氏の当惑がよく読みとれた。はっきりした証拠がない限り、私たちは、何も言ってはいけないのであった。それはあまりに重大なことであり過ぎた。

「あらゆることは、あり得ると同時に、あらゆることは疑ってかからねばならないですからね」

一江氏は黙りこんでいる私を救うように言い続けた。

「まず第一に、事件そのものが、本当だったか。高氏の夫人の親戚がこういう目に遭ったことは、果して本当だったのかどうか」

「それはまあ、本当だったんでしょう。かりにその中国人の家族が、別の理由で日本人に怨みを抱いていても、殺されたのは事実だったんでしょうから。押し入って来たのが、果して日本兵だったかどうかということからして、本当は疑問の余地はありますけどね」

と私は答えた。

「おっしゃる通りです。すべての戦争はどさくさですからね。その間に、不純な要素がいくらでも紛れ込む可能性はある。しかし、事件そのものは確かに本当だったんだろう、と私も思います。ことに二月十五日、というのはあり得る日です。その日でなければむしろ起り得なかったのではないかと思うくらいです。第一に、戦いがやんで危険が去った。万歳！という気分と同時に不自然なくらいの解放感を覚えた人間が、中にいたとしても、我々はそれを否定できない。第二に、前日までの激しい戦争に対する憎しみがあった。日本人以外はすべて敵だ、ということですな。そういう相手にならば何をしてもいい、という気持です」

一江氏はそう言ってから、思いついたようにつけ加えた。

「先刻、あのゴルフ・コースに入る前に、本道の南側にも、北側にも、広大な中国人墓地がありましたでしょう」

私は頷いた。

「あそこが、最後の激戦場になっていたらしいです。何しろ、墓地には軽戦車は入れない。第五師団と行を共にしていた第三戦車団の主力も、墓地へは入れなくて、結局は、今私たちがいたゴルフ・コースのあたりに釘づけになっていた筈です」

私は疲れを覚えていた。一江氏の言葉は、聞きようによっては、団がもしかしたらやったかも知れない、と言っているように見える。私はそれに対して怒りを覚えなかった。誰もがあらゆることをやり得る、というのは真実であった。

「改めてお伺いしますが、十五日の夜、弟たちがいた場所と現場とは、どれくらい離れていますでしょう」

私は一江氏に尋ねた。

「正確なお答えはできない、と思います。というのは、先刻から申し上げている、なになに高地という所が、実はどのあたりにあったのか、多くの場合、わからないんです。高地と言ったってもともと丘とも言えない、只、高台、くらいの感じの地形です。それを戦後、又、いじってしまった。区画整理をし、宅地造成をし、土をとって平地にしました。マンダイ山さえ、削られてなくなりかけようとしてるんですから」

「わかります」

「それで、地図の上でこの辺だと言われている所を一応考えるしかないんですが、それによると、直線距離にして、四粁《キロ》くらいです」

「四粁ですか」

西も東もわからぬ戦場の、混乱に満ちた夜の四粁を越えて、団がその家を選んだ、とは私には思えなかった。

「もっと近くにいた部隊もあったでしょう」

私は呟いた。

「それはありました」

一江氏は言った。

「しかし泥棒や人殺しは、自分の家の近くではやらない、ということもありますしね」

それはその通りだった。

「又、初歩的なことを伺いますが……」

私は一江氏に言った。

「こういうこと、つまり、中国人の家庭に押し入って悪いことをする、というようなことは頻発したのですか」

「もっと組織的なのがあったのです」

一江氏は、静かに、きっぱりと言った。

「それが有名な華僑虐殺です。それがなかったら、ひどいことを言うようだが、弟さんなども、こんな事件のとばっちりを受けることもなかったかも知れません」

二

私はまことに不勉強であった。シンガポールの案内書を見ていると、海の傍のよく整備された広場に、華僑殉難碑があることを知ってはいたが、私はそれを、戦争の巻きぞえをくって死んだ人々を悼んで作ったものだろう、くらいに考えていたのである。しかし、それは決してそんな偶発的なものではなかったのである。

二月十五日に戦いが終ると、すぐ翌日の二月十六日、日本軍はシンガポール市内に入った。と言っても各部隊がいっせいに移動したわけではない。日本軍は混乱や不祥事件をおそれて、第二野戦憲兵隊だけを市内に送った。

一江氏によると、当時、市内は決して穏やかではなかった、のである。夜間の通行は禁止されており、街は暗く、英人街では掠奪がたえず繰返されていた。憲兵の銃剣が時々暗闇で光るだけで、町には死の匂いがした。電気も水道もとまっていた。これらは山下・パーシバルの協定で英人の技術者によって復旧させられることになっており、市内の遺棄死体も英軍捕虜が片づけていた。時々、集積砲弾が爆発したり、軍用倉庫が襲われたりした。軍は八人の容疑者を捕えて、首を切り、その生首を並べて市民に見せた。

二月十九日に、あちこちの町角に貼り紙が出た。それが事件の発端であった。

「　　佈　告

昭南島在住華僑で、十八歳以上、五十歳までの男子は、来る二月二十一日正午迄に左の地区に集結すべし。

集結場所

アラブ街—ジャランブッサール広場

リババリー路南端
ノースブリッジ路水仙門附近
カランとゲーラン交叉点附近のゴム園
タンジョンパーカー警察附近
パヤレバー路とチャンギー路交叉点附近

右に違反する者は、厳罰に処す
尚各自は飲料水及食糧を携行すべし
日本軍司令官　」

(今の若い人々の為には、シンガポールが陥落の翌日に昭南市と名を改めさせられたことを説明せねばなるまい)

混乱はさまざまな形で現われた。普通このような場合、居住地によって集合場所は決められるものである。しかし、その指定がなかったので、中国人たちは思い思いの集合場所に出頭した。憲兵隊の内部でさえ命令は正確に伝わっていなかった。一部では憲兵が、成年男子だけでなく、老人や女子供まで家からかり出した。

「何でそういうことをしたのです」

私は再び、一江氏に素朴な質問をした。言い訳めくが、私はマレー・シンガポールについて書かれたものを読む時、いつも心が割れるのであった。団との関係に於て、私はそれらを読みたくもあり、又、それらにふれることを激しく嫌悪もした。それ故に、私は一般の人の知っている以上に、この土地に詳しくもあり、又、当然承知しているべきことですら知らないことも多かった。

「何とお答えしましょうかな。私流に言う他はないが」

一江氏は一瞬、考えた挙句、口を切った。

「名目は、反日分子を洗い出す、ということだったのです。ご承知と思いますが、ここには対日華僑義勇軍というのがいましてね。これは共産党並びに華僑志願兵から成っていたんですが、日本軍に対して、ジョホール水道やブキテマ高地で頑強な抵抗を示した。

今の駐日シンガポール大使の黄望青《ウイモンチエン》氏は、当時黄耶魯と言いましてね、共産党員だった。この人は愛国者だから、中華総商会で、華僑義勇軍の親玉だった陳嘉庚《タンカーキ》と共に、英軍に武器を寄こせと迫ったこともあるらしいです。ところが英軍はなかなか態度を明らかにしない。日本軍がジョホールを渡ってから、初めてライフルを寄こしたといいます。まあ、英領で、治安は英国が握ってるんだから、日本軍がマレー半島を南下して来ている、と言っても、そうそう簡単に武器を渡せなかったんでしょうな。総商会側も、金はあっても武器は買えなかった。それで、やっと銃を手にした義勇軍がブキテマ高地に青天白日旗を翻して戦ったという噂になるんです。ところが、この義勇軍《れんじゅう》は二月十三日以降、ぷっつりと戦わなくなってしまった。武器を埋めて、市民の中に紛れこんでしまったんです。

一方、日本軍のほうはどうだったかと言うと、第二十五軍はこの後、近衛をスマトラに、第十八師団をビルマに持って行くつもりだった。すると、この昭南という南方の拠点を第五師団のうちの一個旅団で維持しなければならなかった。つまり、恐ろしかったでしょうな。ゲリラをかかえこんでることは明らかなんだし。それで一刻も早く危険分子をつまみ出しておかねばならない、と言うことになった。ですから、検問によって摘発しようとしてたのは、華僑義勇軍と共産党員、重慶や義勇軍への献金者、或いは抗日団体に所属するもの、ということになっていた」

「しかし、そんなものが、ちょっとやそっとの調べで、わかる訳はないでしょう」

「その通りです。ろくろく通訳もいないんですからね。お辞儀の仕方が悪いとか、顔の感じがゲリラ風だからというだけの理由で、摘発したのもあったし、要するに働き盛りで体格のいい、強そうな感じのは危険だ、というので選んだのもあったんです」

「選ばれた人は……つまり殺されたのでしょうね」

「そうです。カトン、チャンギー、タナメラなどの海岸に連れて行かれましてね。そこで自分の手で砂に穴を掘った。そこに後ろ向きに、つまり海に向って坐らされて、後ろから機銃で撃たれた。九死に一生を得て逃げ帰った人たちの証言で、それがわかりましてね。白骨もぞくぞく出て来ました。日本の建設業者が埋立てをしている海岸からも出たようです」

　検問をうける人々は、暑い陽の中を長いこと待たされた。検問は正規の第二野戦憲兵隊の兵と、そこに補助憲兵として加えられた、第五師団の兵たちによって行われた。

「まあ、この検問も場所によってずいぶん違ったようです。ひどいのが多かったけどのんびりしてた所もあったらしい。中国人たちにしたって、必ずしも、日本人に対する憎悪で結束してたというばかりでもないようです。

　或る日、前に申し上げた陳嘉庚の使用人だったという男が捕まった。陳はもうとっくにジャワ島に逃げてるんです。これは日本が捕えたんじゃない、現地の警察の刑事がしょっぴいて来たんです。憲兵はこの男をオートバイの後にくくりつけて引きずり廻した。スピードが上るとこの男はついに伸びてしまった。残酷なもんです。しかし群衆は……というのは中国人ですよ。それをショウでも見るように、ゲラゲラ笑いながら見ていた、ということをこの土地で有名なロウ氏が書いている」

「つまり、反日分子かどうか、何もはっきりした証拠がないままに、殺《や》ったんですね」

「うちのホテルに、その時、検問を受けた男がいるので、昔の話を聞いたことがあるんです」

一江氏は言った。

「その男はチェンバル、今のピープルス・パークの裏の空地に、七時までに集まれ、と言われたそうです。集まらないと家を探してすぐ銃殺する、ということだったから、三日分の食糧を持って行った。女房と、生れたばかりの長男を残して家を出たので、非常に不安だった、と言ってました。

その場所に着くと、すぐ地面の上に坐りこまされた。小便も立ってしてはいけないという。臭くてたまらなかったそうです。どれくらい待ったのか聞き忘れましたが、やがて順番が来て呼び出された。憲兵、通訳、政府の政治部にいたのではないかと思われる中国人がいたのを覚えている。とにかくテーブルが五つあったそうです。第一のテーブルでお辞儀をする。第二のテーブルで顔見られて、又、お辞儀。第三、第四のテーブルあたりで、ちょっと向うへ行けと言われた人が帰って来なかった。しかし、特に何か質問されるわけじゃなし、区別する根拠がわからなかった。そうそうこの、政治部の工作員でないかと思われるのは、マスクをしていたので、人相ははっきりわからなかったそうです。だからこの工作員が適当に人選をしたのではないかとも思われるけど、たとえばお辞儀のしかたが悪いというようなことでも、憲兵に選ばれたらしいです」

「ピックアップされた人たちは、すぐ連れ去られたのですか」

「いや、この男が言うには、そこにしゃがみ込まされていたようですよ」

私は彼らの上に照りつける、ねっとりとした陽ざしの無残な強さを思っていた。

「第五のテーブルまで無事に来ると、そこで㊙というハンコを着物に押してくれる。着物を洗濯した時は、これを切りとったそうです。ところが、どういう訳か、腕なんかにじかに押したところもある。体洗う時に、これはすぐ消えますわね。体洗わなくても、暑い所ですから、汗でも消えてしまう。これで後で、またひどく殴られたり、殺されたりしたのもあった。

うちのホテルの男は一日で帰って来られたけれど、中には、二、三日も待っていた人もいた。食糧をそんなに持って行かなかった人は、実に辛かったらしいです」

「実際にそうして、何人殺されたんです？」

「総商会側は、五、六万、と発表してますが、まあ、かたく見積って、八千人、と私は思ってます。八千人は確実に死んでる、ということです」

「義勇軍はそれくらい、いたんですか」

「わかりません。只、八千人の中には、対日華僑義勇軍とも何の関係もない人がたくさん含まれていたことは確実です。全く、無実の死でした。弟さんの受けられた、形ばかりの裁判と全く同じです。私が申し上げたかったのは、まず華僑虐殺があった。それから戦犯裁判が開かれた、ということです。眼には眼を、ということがもしあるとすれば、彼らには、たとえ少々まちがっていても日本人を殺す理由がある、という気分があったろうということです。どちらのやり方も美しくないことだ、端正でないことだ。私の言い方は、御遺族としてのあなたのお気持を傷つけるかも知れませんが……」

「いや、よくわかります。私は、弟の死を、一個人の、単独のものとして考えていたのです」

「それ以外にお考えになりようがないことはよくわかります。たとえ外的にはどのような流れがあるにせよ、死はあくまで個人のものです。それを、国家や社会に帰属させてはいけない。そのようなことは死者に対する冒瀆です。第一優しくない。家族だけが、本当にその死を悼めるのですから」

「弟の死を掘り起そうとすると、これほど、広範囲に何かが引っかかって来るとは正直なところ思いませんでした。お恥ずかしいことですが、華僑虐殺などというこれほどはっきりした事実があったことさえ、私は全く知らなかったんです」

「表立ったことの裏に、小さな悲しいことがいろいろとありましてね」

一江氏は笑った。

「あまり、血なまぐさいお話でなくて、私の心に引っかかっていることがいろいろあるんです。この検問が行われている最中ですけど、私は警備司令部の腕章を貰ってましたので、かなり自由にできたんです。知人の中国人をずいぶん助け出したり、個人的な保護証を出したりしてました。

その頃のことですが、或る日馬奈木参謀副長に呼び出されました。アデルフィ・ホテルに、日本食を作れる林《リン》というコックがいるから、その人を探し出して欲しいというんです。山下（奉文）さんが使われるんでしょうね。林の家へ行ってみるとお腹の大きい奥さんがおろおろしている。聞いてみると、夫はパヤレバーの近くのゴム園に連れて行かれたというんです。つまり検問ですね。

私はそこへ行って、中尉に訳を話して、林をとり戻して来ました。ここで、検問風景を見たんですが、ここは近衛の管轄下で、二、三千人がゴム園の中にいましたが、とくに殺気立った感じはありませんでした。林は喜びましてね。その翌日から、早速山下さんの食事ごしらえをするようになった。私は、彼に特別に何かしてやった訳じゃないんですが、林の方は一方的に私が自分を救いに来てくれたと思ってる。給料もずっといいから大喜びしましてね。子供が生れたら是非、私に名づけ親になってくれ、ということでした。

やがて初めての天長節が来ました。この日、昭南特別市の子供たちが、『愛国行進曲』に合わせて行進しましてね、山下さんが市庁舎のバルコニーに現われた時、『君が代』を歌って万歳を三唱することになった。すべては実にうまく行きました。おもしろいことに、子供たちの『見よ東海の空あけて』という歌声を聞いた時、山下さんは泣いたんですよ。涙をかくそうともしなかった。そしてその日彼は、昭南市民に対して『今度、新たに大日本帝国の臣民となった諸君と共に』という演説をしたんです。

その夜、家に帰ると、林が駆けつけて来ました。先刻、子供が、それも長男が生れた、というんです。天長節の嘉《よ》き日に生れたなんて実にめでたい、というわけで、林の頰も緩《ゆる》みっぱなしでした。私は名前をもう考えてありました。『昭南』というんです。林昭南。私は命名紙に大きくその名前を書きました。林は赤いロウソクをつけて、その子の無事を祈った。

ついこの間です。林昭南が、弟の林昭盛と私を訪ねて来てくれたんです。自分に第一子が生れたから、と言いましてね。父親はもう死んでいるんですが、名づけ親にすぎない私に初めての子を見せに来てくれたんです。

南を昭らかにするんだ、悪い名前じゃない、と言ってくれる人もいるんですが、この林昭南は三十年間、この名前に耐えて来た。背筋をちゃんと伸ばして、怨みもせず、静かに礼儀正しく耐えて来たんです。彼は今自動車会社に勤めていますがね。むごいことです。小さなことだがむごいことです。その夜、私は思わず酒を過しましたな。言って返らぬことですが」

私も胸を打たれていた。

「下らぬお話をしました」

一江氏は言った。

「いかがですか、今日はこれから墓参をなさいませんか。よろしかったら、私もお伴をしますから」

一江氏は私のカルピスの包みに眼をやった。

11

一

私は、弟の団の墓に献じるべく、カルピスの罎を持参して来てはいたが、実はまだ、それを抱いて墓にまいる気にはならなかった。

「帰されなかった華僑の人々ですね。抗日分子と思われた人たちがやられた所がありましたね」

私は一江和則氏に尋ねた。

「いろいろな所がありますが、主に島の東部の海岸線です。弟さんのおられたチャンギーの海岸、カトン海岸十一哩《マイル》附近、タナメラ附近などへ、こういう人たちは、補助憲兵に護衛されトラックで運ばれた。それから、海岸の砂に穴を掘らされて、後ろから機関銃で撃たれた。自ら墓穴を用意させられたわけです。

それから一部は、今はセントサ島と言われる小島の沖まで、舟に乗せられて連れて行かれた。そこで手を後ろ手に縛られてやはり機銃で撃たれた。海岸でやられた人たちの中には、傷を負いながら死んだふりをして夜蔭に乗じて逃げ出した人もないではなかったけど、こっちのほうは、手を後ろ手に縛られて撃たれて海に突き落されたものですから、生きている人は一人もなかったらしいですけど、セントサ島の燈台からこれを見ていた人がいたんですね。

セントサ島というのは平和な島という意味ですけど、その頃はブラカン・マテー島と言われてました。死の後の島、という意味です」

「チャンギーのほうはどうなっていますか」

「まあ、大体、昔のままです」

「よかったら、そのあたりを少し歩きたいようにも思いますが」

「よろしいですよ。お伴しましょう」

私はうまく一江氏に説明できなかった。私は、いったいこの世はどうなっているのだろう、と思ったのだ。団はチャンギーで処刑され、そのすぐ傍の海辺で、又、何も身に覚えのない多くの人々が機関銃で殺されている。

涼しさを強調するために、わざと薄暗くしてあるようなホテルの玄関から、めくるめくような陽にうたれている外へ出た時、私は改めて一江氏に詫びた。

「いくらご好意に甘えるとは言え、一日びっしり、こうして、出歩かせることになってしまいました」

「いや、いいんですよ。正直なところ、毎日、現在のことにばかりつき合っていると、疲れますからね」

私たちは再び一江氏の車に乗り込んだ。

「これは、今、シンガポールにもやって来る日本人の観光客とも関係のあることですが、大東亜戦争によって、初めて日本人はかたまって大量に外国文化に接したわけですから、いろいろおもしろい記録があるんです。ここを占領した日本人を、まあ多くは軍人だったわけですが、つぶさに観察していた人がいましてね。それについて書いた本がある。第一に、彼らは日本人は車好きだということを発見した。誰もが、できるだけ大きくて立派そうな車を欲しがった。それでセコハンの車の値段が暴騰した。アメリカ、又はイギリスのリムージンの十二馬力以上のクラスの車が、珍重されたようです。憲兵はMGのスポーツカーに乗りたがった。

第二に、日本人が西洋風の家が好きなのに驚いたらしいですな。町へ入るやいなや、高級将校は争っていい家を接収した。天井で廻っている大扇風機、冷蔵庫、ホーロー引きの洗面台、シャワー、お湯と水が出ること、それに、水洗便所。これらのものが実に好きだった。

第三に、日本人は白人の食べ物を食べたがる、というんです。この点では現代の観光客より、当時の軍人のほうが進歩的というか環境にとけこむ力があったんですな。バター、ジャム、トマト・ケチャップ、ウスターシャイヤー・ソース、コールマンの溶き辛子、罐詰の牛の舌、ロースト・ビーフ、キャビア、コクテル、ジンスリングス、ステンガ、ジョニィ・ウォーカー、エックス・ショウ、ヘネシイ、それにスペインのポートワイン。煙草はステート・エクスプレス、アルダス、キャプスタンスだったそうです。

第四に、日本人は白人風の食事の方式が好きだった。海南人のコックを欲しがったのは、彼らが一番洋食を作ることと、西洋風のテーブル・セッティングを知っていたからだと言うんです。

そして第五に、日本人はテニスと、野球と、ゴルフと競馬を好み、それを保護した。テニスと競馬はイングランドから、野球はアメリカから、ゴルフはスコットランドからのものだなどということは全然考えない。当時の昭南市の日本人の官吏は誰もが、大きい皮製の書類いれを得意そうに持って歩いていた。大きければ大きいほど偉そうに見えた。これは本当でしたなあ。それは西欧では、要するにセールスマンの風俗だ、などということは誰も気づいていない、とその本には書いてありました」

「当時のことが見えるようですね」

「いささか、話は飛躍するかも知れませんが、弟さんがそういう目に遭われたことと、このような日本人の精神構造というか、そういうものは、どれも無関係だとは思えないんです」

一江氏は言い、

「こういうことは、学者なら、もっと分析的に解明してくれると思いますが」

とつけ加えた。

「何かこう、根がない、ということですか？」

私は尋ねた。

「そうです。自分というものがない、というか、神がない、というか。物珍しさとはいえ、それほどの嗜好の明らかな変化を許し得る、ということですね。食べ物ならまだいい。しかし、物の考え方も或る時、ころりと変り得るとしたら、これは恐ろしいですね」

「しかし、自分のない人間、というのは、世の中に山とおりましょう。自己弁護するわけじゃありませんが、私もその一人だった。そして、この辺で慎ましい一生を送る連中も、それほど自分があるとは思えませんせんがね」

「自分がない連中は、ここらあたりでは、日本人よりもっと神仏を持っているんです。お寺へ行ってごらんなさい。一種のうらないなんですけど、一対の竹の根を投げて、しきりに仏さんの答えを聞こうとしている連中が一ぱいいますから。そういう連中は、自分はないけれど、いざとなると、神さんだか仏さんだかは何と言うだろう、と思うんですよ。だからそれがブレーキになっている。しかし日本人は、多くの人間が、自分もなければ神仏もない。ですから、瞬間的に何にでもなれる。他国人もそういうふうに見るでしょう」

私はやっと一江氏の言わんとしているところを摑み得た、と思った。そのような日本人が突発的に残忍になることは当り前と思われ、又、事実、そのような数々の事実があって、日本人全体は、その精神の浮遊性の故に、民族として裁かれたのかも知れなかった。

一江氏は、運転手にいろいろと道について相談していたが、やがて車は、柔らかなカーブと樹木につづられた表通りから右へ折れた。そこはココ椰子に包まれた、半ばかくれたような穏やかな村《カンポン》だった。

「ここは、ベドックと言いましてね。ここの海岸でも、たくさん殺されて埋められたらしいんです。この運転手の従兄の家もこの中にあるので、よく知ってるんだそうです」

家はどれも小さく、高床式だった。壁は南京下見で、明るいコバルトや緑や黄に塗ってあった。所々に、日本の藁葺《わらぶき》そっくりのニッパ椰子で葺いた屋根の家もあった。どの家にも、実を食べるほかに葉ずれの音を楽しむかのようにバナナの木が植えてあり、その間を海風がたわむれながら流れ込んで来ていた。

「ここらあたりになると、まだこんなカンポンがあるんですよ」

一江氏と私は、車を捨てて、そこらあたりを駆け廻っている鶏を蹴散らすようにして歩き出した。どこの家にも、裏庭には必ず詩があるものだが、このベドック海岸の村もその例に洩れなかった。第一この村の家々は、どちらが表庭か裏庭かの区別さえないのである。暑い土地だから、陽を受けねばならぬ、ということもない。皆てんでに好きなほうに向いて窓を開いている。

ベランダにおかれた古い小さな子供用の籐椅子も海風を受けていた。台所の外に出してある茶色い陶器のかめは、歳月をそのしっとりとした肌の色に浮べていた。若いパパイヤの木の下にはりめぐらされた洗濯ひもにさげられた色とりどりのシャツは、若葉となれ合っていた。そして、どの家からも、汚れたのや鮮やかなのや、さまざまなカーテンが窓から吹きこぼれていた。

私たちは海岸へ出た。紫色に塗った舟が砂に引き上げられていた。舟は漁に使うのか、大きな笊《ざる》を抱いていた。今はそれらの総ての風景が、私の心にこたえた。それらの日常的な生活は、決してすばらしいものでも、輝いたものでもないことを、私たちは知っている。しかし、それらは、団にも、ここで死んだ何百人かの華僑たちにも、与えられるべくして与えられなかったものなのだ。

私はふと立ち止って、鮮やかな青磁色に塗られた家の窓を見上げた。私はその窓に誰もいないことを予期していたのだが――意外にもそこには人影があった。若いけれど、どことなくやつれた表情の女が覗いたのだ。

その瞬間であった。私はふと、その女が団の妻だと感じたのであった。団は戦後もこの地に残って、世捨人のように、この土地の女と暮しているので、私はそこへやって来たところなのであった。

ほんの一、二分の間に錯乱した自分の内心を恥じて、私は黙っていた。全く説明のつかぬ混乱に私は陥っている。空想が真実としたら、私はここへ何しにやって来たのか。

《父さんも、母さんも、お前の無謀を悲しんでおられる。帰りなさい》

と言うつもりだったのか。

私自身が、かつての父母に近い年であった。そして又、団が戦争で死んだと思えば、父母は——世の中の総ての父母は、子供のあらゆることを許す筈なのだ。子供にさまざまの要求をする父母は、子供の死を想像したことがない、想像力の欠如した人々なのだ。

私自身は、子供を失った記憶を、少しずつ薄れさせて、この年まで生きて来てしまった。私たちには住んでいる家ぐらいしか財産というほどのものはないが、それは妻の姉の娘で少し足の悪い二十九になるのに、いくことになっている。妻が望んだし、私もそれは自然だと思っている。しかし、もし団がどのような形でであれ、子供を残していたなら、私は狂喜したに違いない。足の悪い姪は妻の姪ではあるが、私の血縁ではなかった。団の子なら私と同じ血が流れている。

カーテンの蔭の女は、私のほうをじっと見ている。眼のまわりにくまが青く見えていた。私はこちらから眼を伏せ、海の息づかいの音の聞える海岸へ下りて行った。

「場所はどこですか」

「この、もう少し先らしいです。或る時、何かのことで海の中の砂を掘ったら、人骨が、ごろごろ出て来たらしいです」

「その当時、目撃者はなかったんですか?」

「私も詳しいことは知りませんが、当時、このあたりには人家は一軒もなかった筈だ、と思います。しかしかりに一、二軒あったとしても、そういうことをやる前には、補助憲兵を出して立ちのきをさせてしまいますからね。目撃者というのはいない筈だと思います」

私は立ち止って足許を眺めた。砂の中にはさまざまな貝や、ひとでの死骸などがあった。そう知りながら、私はそれらが人骨の破片のように見えて仕方なかったのである。

二

チャンギー海岸も、タナメラも、今の場所と似たような所だという。むしろ、ベドックなら村《カンポン》の中に運転手の従兄が住んでいただけ状況がはっきりしている、というので、私たちはシンガポールに戻ることにした。朝から何もまとまったことをしているわけではない。車を停めてはちょこちょこと歩いただけなのに、私はけっこう疲れていた。南方の午前十時頃からの陽ざしは、急に爆発的に強くなる。

「実は、ご相談なんですが、おでかけついでに、おいやでなかったら、これから中国風の精進料理を食べに行きませんか」

一江氏は言った。

「そういうレストランがあるんですか」

「いや、レストランではないんです。お寺で食べさせてくれるんですがね。私の知人が例の陳嘉庚《タンカーキ》の、第二夫人だったかの人の身内に当るんですが、その人の伯父さんの何回忌かで、法事をやっているんです。それで、私も出てくれと言われていたので、実は、日本から友達が来ているので一緒に行ってもいいか、と訊いてやったんです。そしたら、是非おいで下さい、ということなので……」

「しかし、私は、何の縁故もないのに、そういう所へ参上するのは、いかがなものでしょうな」

「それがね、全くかまわんのですよ。いらしてみればわかりますがね。朝のうちにお経をあげるらしいけど、私の知り合いなんかはもっと遅くなって、つまりお斎《とき》の出るころに行くらしいです。ですから、我々も飯を食いに行けばいいんですよ」

「そうですか。あなたが行かれるなら、そして失礼に当らないなら、参上させて頂きます」

一江氏の休みの日を、こうして使ってしまって、今また法事の邪魔まですることは考えられなかった。

「実は、精進料理だけではなくて、もう少し私としては下心がありましてね。弟さん方のような事件の起る背後には、虐殺事件だけでなく、もう少し根があったことをお話できれば、と思いまして、うまく行ったら、その知人の奥さんにその場所を見せてもらおうと思いましてね」

「万事、お任せいたしましょう」

法事に行くなら、花とか菓子とか、何か《おもりもの》を持参すべきではないか、と私は思ったが、黙っていた。日本では仏壇の花と思われているものが、実は祝いの花だったり、その逆もある、という話を、どこかで読んだことがあったからである。

車は、シンガポールの町中に入り、競馬場の近くの住宅地をくるくると廻った挙句、何か極彩色に塗った芝居小屋のような建物の前に停った。

「ここですか」

と私は言ってから、一瞬違和感に捉えられた。どうも変だと思ったのである。

「ああ、これはヒンドゥ寺院です。中国の寺はもう少し先です」

中国の寺は、簡単に言うと、ロの字型である。私たちは手前の拝殿の部分で、黒い上着とズボンをはいて髪をひっつめに結った、典型的な華僑の女中さんに迎えられた。一江氏の知人の家で、もう二十年以上働いている人だと言う。銀髪でかなりの高齢であるが、おっとりとして気品さえ感じられる表情をしている。

拝殿の奥に中庭のようなところがあって、その更に奥の、奥の院風の場所に――人々が何卓かの丸テーブルを囲んでいるのが見えた。そこには二十人近くの人々がいた。昼間の法事のせいか男は少なかった。婦人たちもとくに、喪服を着ているというわけでもない。只、白、青、グレーなどの普通の服を着ている。

私はそこで、一江氏の知人だという奥さんに紹介された。ウ夫人と言われたが、どんな字を書くのか私にはわからない。銀縁の眼鏡をかけて、私までを、まるで旧知のように迎えてくれた。そこには仏の姿はなかったが、仏壇に当る壁面一ぱいには、檀家の人々の位牌というか遺影が納められていた。それは円型の赤塗りの縁をつけた写真立てで、夫人の数によってその恰好も違った。一人しか妻を持たなかった男のは、二つの円が並んでいた。三人用の写真立ては、中央の比較的大きな円の中に主《あるじ》の遺影があり、その下に、主をとり囲むように並んでいる小さな円い枠の中に、三人の妻たちの写真が一人ずつ入っていた。一番多いのは五人くらいまであった。三人用でありながら一つ写真が入っていないのは、第三夫人がまだ死んでいないからであろう。

ウ夫人の伯父さんという人の位牌は、棚から下ろされて手前に飾ってあった。妻は二人らしかった。私はその前に頭を下げた。金銀や色つきの紙で作った飾りものや、強烈な桃色の色粉で染めた桃の形をしたパンなどが、おもりものに供えてあった。そのどれもが、私が一瞬、《御仏前に》と言って買って行こうかと思ったものとは似ても似つかないものだったので、私は安心した。

私たちはやがて、いくつかのテーブルのうちの空いた席を与えられた。既に席にいた人々が、一せいに、二人の外国人のために気を遣って、料理をとり分けてくれたり、皿を廻してくれたりした。私は、日本人よりもっとこまやかな心遣いに感謝して、《サンキュー》を繰返していた。

「この中には、肉は一切れも入ってないんですがね。この煮物の中に入ってるもの、これは何んだと思います?」

一江氏は、肉の切れっぱしとしか見えぬものを、野菜いための中から引き出して見せた。

「湯葉でもなく、干瓢《かんぴょう》でもなく、普通に言えば、貝の干したものみたいですけどね」

「これは、メリケン粉の筋なんだそうです」

「メリケン粉に筋がありますか」

「それがあるんだそうです。二キロ分くらいの粉を、こねてこねてこね廻して、それを最後に水洗いする。するとこういう筋が残る。それを揚げて、野菜の煮つけの中に入れたものでしょう」

一江氏は確かめるように中国語でウ夫人に訊いた。すると、その卓にいた女たちは、一せいにそれについて頷いたり説明したりして、一江氏の言葉を裏書きするのだった。男の私には料理のことはよくわからないが、中でも感心したのは、椎茸の柄の部分を集めて作った佃煮であった。恐らく、我が家では、干椎茸の柄などというものは、石ずきもろとも捨ててしまっているだろう。どれだけ厖大な量の椎茸を集めて煮たら、こうなるのか知らないが、それにしても寺の庫裡《くり》で作った素朴なおいしさは温かいものである。

「実はね、本当の下心を明かさねばならんのですが、華僑の強制献金事件というのがあるんです。ご存じですか」

「いや、お恥ずかしいことですが」

「実は、ことは集団虐殺では収まらなかったんです。最初の検問は、いわば根拠のないものだった。ところが、一しきり騒ぎが収まった後で、軍側はきわめて組織的な脅迫をしたんです。

当時、憲兵隊は、すでに抗敵動員簿とか抗日基金として重慶へ献金していた籌賑会《ちゆうちんかい》献金名簿とか、そのほか、抗日工作資料、抗日華僑義勇軍編成表などと言った資料をおさえてましたからね。お前はこれこれのことをしたじゃないか、ということで、ここの有力な華僑たちは、殆ど捕まったんです。これは生命の安全もわからないことですから、華僑たちは恐怖のどん底に陥《おとしい》れられた。

まあ、一つのことがあると、派生的にいろんなことが起きましてね。郊外では、華僑の有力者が捕えられると、その下で働いていたマレー人たちが、この時とばかり主のいない邸を襲ったりした。私の知っていた家でも、奥さんや子供が、マングローブが海水に浸っているような所——このあたりではスワンプと言ってますけど、そんなところへ隠れて難を避けていた。教会へ避難した人も多かったですしね。

そんな後で、華僑協会が設立されたんです。シンガポール、マレーの華僑を全部集めて日本軍に協力させることにした。そして協会が日本の軍部に圧迫されて五千万海峡ドルを強制的に醵出《きょしゅつ》させられた、ということになっているんです。これが、強制献金事件として有名なんですが、実は、これには裏があるんです。裏は後ほどお話しますが……」

「金で、ことが済めば、よかったとは思えないですか」

私は思わず言った。

「日本人なら、そう考えるでしょうね。しかし、それは出す金の額にもよりましょう。それと、華僑と日本人の、金に対する感覚も同じだと思ってはいけない。日本人は金に恬淡《てんたん》としている人がいいという。しかし、それは日本人の好みであって、その美学が、他民族にも通用すると思ったら大まちがいでしょうね」

「それは、そうでしょうね」

一江氏はそれから、ウ夫人と何か話していた。ウ夫人はハンドバッグから手帳を出し、その最後の頁を切りとって、そこに小さな地図を書いた。彼らは、ナッシム路《ロード》という道に面した何かの建物のことを喋っているらしかった。

「運がいい、というか、悪いというか、マンダイ山じゃありませんけれど、我々はまた、最後の場面に間に合ったようですよ。ナッシム路の或る家に行きましょう。そこは、渡辺という軍政部長のいた家でしてね。華僑協会の献金事件の舞台になった所です。その家はウ夫人の親戚の人が持っていたことを知ってたもんですから、私は鍵をかして中に入れてくれないか、と頼んだんです。そしたら、今ちょうど、その持主がその敷地にアパートを建てているから、もうその家はとり壊す寸前で、自由に行って見られるからと言うんです。しかもおもしろいことには、その家の持主というのは例の抗日義勇軍の親玉だった陳嘉庚の甥が住んでいた、と言うんです」

私たちは、間もなく法事の席を辞した。私に至っては、仏の前に頭を下げただけで食い逃げという感さえある。しかし、それでいいのだと一江氏は言った。それが死者への功徳だというのである。その通りかも知れなかった。ウ夫人が連れて来ていた黒ズボンの女中は、私の帰る頃、他の人々と仏前に供えてあった菓子を下ろして、紙にとり分けてあった。仏に供えた菓子は特別の福があるので、今日は留守番をしているもう一人の朋輩に持って帰ってやるのだと言う。いくら食紅とは言え、食べたら胃壁がべっとりと赤く染まりそうな桃の形をしたパンなど、日本人だったら大して尊重しないだろうが、私は彼女らの仕草に好意を覚えた。自分にはなくても、「神か仏のいる人種」を、目の当りに見たと思った。その白髪の女中が、ウ夫人の家でも菜食しか摂らないということを聞いたせいかも知れない。

「いつもは昼寝をされるのではありませんか?」

私は車が見覚えのあるオーチャード路を走っている時に、一江氏に尋ねた。

「いや、たまにすることもありますが、毎日の必要はないんです。それに、古いシンガポールは、昼寝などしているうちに刻々壊されていきますから」

時間を惜しんでいる風情であった。

「軍政部長は、馬奈木さんという方だったように伺いましたが」

「それが変ったのです。更迭になったんです。馬奈木さんがずっと続いていてくれれば、こういうことにはならなかったんですがね」

車は途中でオーチャード路を折れて、緑の多いナッシム路に入った。もっともシンガポールも、日本と似たり寄ったりの町の変化を見せていた。恐らく昔は、ゆったりとした前庭を持ち、大木に囲まれていただろうと思われる屋敷町のあちこちに、高層アパートがぞくぞくと建てられていた。かつての軍政部長の宿舎も、まさに同じ運命にさらされようとしていた。私たちの車は、一棟は殆ど完成し、一棟はまさに骨組だけできた、という感じのアパートの、工事中の敷地に入った。すると二棟の高層建築の間に、荒れて古びてはいるが、どっしりとした大きな二階家が放置されているのが見えた。

「この家だったんでしょうな」

一江氏は呟いた。

「渡辺さんに替ってから、私は昭南特別市の役人ではありましたけど、華僑協会にタッチしないように厳命されましてね、それで、経緯は詳しく聞きましたが、私自身、ここへ来たことはなかったんです」

一江氏は車を下りた。家の南の一隅には、インド人の労務者らしい家族が住んでいた。けばけばしい牡丹色のサリーを着た女に、一江氏は声をかけ、女の連れていた子供が、やがてどこかから白いシャツを着た中国人を呼んで来た。その男と一江氏とは握手をし、男は腰の鎖につけた鍵で頑丈な表のドアを開けた。

「高級将校が好んで使った西洋風の家ですね」

私は呟いた。

「今、資材が入れてあるそうですけど。まあこういう豪邸が本当のマンションですな」

入った所ががらんとしたホールだった。左右に、大きなやや暗い部屋があった。私は天井を見あげ、それが大壁ではなく、みごとな大きいチークの梁の原型を留めていることに胸をうたれた。

「このホールです」

一江氏は言った。

「ここへ、華僑協会の代表が呼びつけられましてね。渡辺軍政部長が出て来るまでの間、一時間、椅子を与えられずに、立って待たされたと言うんです。私はその代表者である林文慶氏と親しかった。というより、憲兵隊に呼ばれて拷問を受け始めていた華僑の人たちを救うためには、自発的に華僑協会を作って、そのメンバー・リストを日本軍に提出して、それをもとに彼らの安全をはかるほかはなかった。事実、初めは、確かにそれだけだったんです。林氏が捕まったのは、横田憲兵隊でしたがね、横田さん自身、林氏に手荒なことはしなかった。椅子をすすめて、林氏が自分の父親と似ている、と言ったくらいなんです。そして、私から、華僑協会の設立の意志を聞くと、自分は憲兵で民族団体のことなど口を出す立場にないけれど、一江さんならやれる、是非、馬奈木さんに言って、やりなさい、と言うことだったんです。横田さんと話す前日、林氏と私はその案を練ったんです」

「その時、あなたは、どういう立場におられました？」

「警備司令部の嘱託でした。後に市のほうに移ったんです」

「なるほど」

「林氏は、ひょっとしたら拷問を受けるかも知れない、と思って連行されて来たでしょう。自分一人の運命じゃない。華僑全体の直面している現実だった。それが、協会を組織化することで、さし当り華僑の人たち全員の安全を考えることができた。本当に、放置しておいたらどんな犠牲者が出たかも知れなかったんです。各憲兵隊の建物からは連行された華僑の人たちの呻き声が洩れていたんですから。

私は、その日、林氏をリバリーの家まで送って行ったんです。林氏はもうその時、七十歳に近かった。奥さんは案じておられたんでしょう。とび出して来られた。

するとどんな拷問を受けてたかと思っていた林氏が、ほんのりしている。横田さんと三人でビールを飲みながら話し合ったんですから。奥さんはびっくりしてね、《いったいどうしたんですか》と訊かれた。その時、林氏が答えられた言葉を、私は覚えています。《さあ、我々、華僑は、安全になったよ》」

「そうはいかなかったんですね」

私は思わず呟いた。

「そうはいかなかったんです。馬奈木さんが渡辺さんに後を譲ってから、こういう話は通らなくなった。それから、私の直属上官であった河村警備司令官も、杉浦少将と替ってしまった。すべて時の運ですが、私たちは理解者を失ってしまったんです。

あれは三月半ば頃だったと思います。私はフラートン・ビルの中の渡辺新軍政部長に呼ばれました。そこで華僑協会のことは、馬奈木閣下から聞いてはいるが、これからは、協会については軍政部が直接に監督して或る重要な任務をやらせるから、お前は口を出すな、ということを言われた。私は何のことかわからないから、『はい』と慎んで答えて帰って来ました。

それから後に、渡辺さんの新しい計画が始まったんです。その舞台の一つが、ここだった」

その時、先刻の男が、私たちを呼びに来た。見たければ、二階に上る階段のドアの鍵を開けたから、と言う。二階にはまだ椅子の残っている部屋もあるから、そこにかけたらどうか、と言ってくれているのであった。

「二階へ上りましょう。もう、この家も最後の見納めですから」

私たちは、言われるままに、埃っぽい階段を上った。耳を澄ますと、工事現場から響いてくるドリルの音やエンジンの音が、この歴史を抱いたままの古い邸を無邪気にゆるがせていた。

12

一

かつて、抗日華僑義勇軍の指導者だった陳嘉庚《タンカーキ》の甥の住んでいた家だという堂々たる空家の二階へ上る階段を、一江和則氏と私は前後して上って行った。階段は木でできていて暗かったが、チークか何か、材質がしっかりしているので、絨毯を敷いた石の階段などより、はるかに踏みごたえは素朴で、安心感があった。

一江氏は、先頭に立って案内している、中国人の管理人の言っていることを通訳してくれた。

「昔は下に、とてもきれいな家具も入っていたのだけれど、全部出してしまって坐る所もないから、上でゆっくり休んで下さい、ということです。お寺で会ったウ夫人が、電話をかけてくれておいたらしい。友達になると、華僑というのは、実に親切ですからね」

もっともそこは、やや珍奇な眺めだった。二階は玄関の車寄せの上部を利用して、そこが、ちゃんと屋根のある吹きさらしのパーラーになっていたらしい。ベランダよりもやや部屋に近い、つまり普通の窓に当るところに、何も建具がないのである。今、そこは、二棟の、アパートというかマンションというか、建築中の高層住宅に使うための、白い衛生陶器の保管場所になっていた。ベイスンもあるし、トイレの便器もある。それがずらりと並んでいるのは壮観であった。その一隅に、少々古びているので、持主が見捨てて行ったらしい籐椅子が三脚ある。中国人が、手にしたタオルのようなものでパタパタと埃を払ってくれたので、私たち二人は、そこへ坐ることにした。

「華僑たちに献金させる、といいますが、どれくらいさせたんでしょうか」

私は尋ねた。

「もちろん、華僑の人たちは、自分の国のために金を出したんじゃないでしょうね。しかし、我々が弾丸切手と言いましたかな、ああいう手のものを買った心理だって、別に心からしたくてしたんじゃない。戦争とはそういうものだ、と思ってました。隣組に割り当てられたので、やむなく義理を果したという場合も、多かったんじゃありませんかな」

「渡辺軍政部長は、責任と同時に自分のブレインを連れて来たんです。高瀬と内田という二人の嘱託、これは二人とも中国通ということになってました。他にもう二人いましてね、一人は台湾人で、元南洋倉庫の社員だった黄堆金という男です。もう一人は、神戸の華僑で黄健徳といいました。私も正確なことはわかりませんが、華僑献金の原案はこの高瀬が立てた、と聞いてます。当時、華僑が保有していた財産の八パーセントという線を申し渡したようです」

私は忙しく、八パーセントの実感を自分のケースに当てはめて考えてみようとした。今、私の住んでいる家を相場で計算すると、二千五百万円くらいであろうか。現金とそれに類似したものはあると言えばあるが、その利子で楽々暮せる額ではない。家具のガラクタのどこ迄を財産というのかわからないが（とくに華僑は、金銀宝石など隠すのがうまかったろう。日本人に見つかるようなヘマをやる人間は、殆どなかったと聞いている）、かりに私の全財産が三千万円あるとすると、八パーセントは二百四十万円である。これは、不当に支払わねばならぬ金としては、額が多すぎる。

「普段でしたら、この金は、まあ、何とかなったかも知れない。しかし当時は戦争の直後ですからね。ゴム園もマレー全域の不動産も戦火にさらされて、現金収入のない人が多かった。軍票もまだ流通していないし、土地の銀行もまだ営業は始めていなかったですからね。そんな中で、どうして八パーセントの金をかき集めるか」

「つまりきわめて酷なやり方だった、というわけですね」

「これについては、私の見るところ、やはり日本人が華僑というものを判断する上で、大きな齟齬《そご》があったと思うんです。この渡辺さんのブレインたちの中で、特に高瀬という人の影響が強かったと思うんですけどね。高瀬は儒教の信奉者でした。それを、ここの華僑の人たちにも使おうとした。つまり、彼が中国本土で《支那人》を理解する最も有効な思考形態が儒教だったわけです。ところが、シンガポール華僑は、チャイニーズ・オリジンとは言っても英語教育を受けて来ている。当時だって、漢字を書けない人はいくらでもいましたし、『論語』を原文で読める人に至ってはごく少なかった」

「なるほど」

「それとこれは蛇足ですが、『論語』は指導者の理論ですよ。士大夫以上の思想です。しかし、シンガポール華僑には、そんなカミシモみたいな論理は通用しない。何しろ、祖国を遠く離れて自力で生きぬいて来た連中ばかりですからね。だから、もし華僑にあるとしたら、それはむしろ老子の世界ですよ。《学を絶たば憂い無からん、唯（はい）と阿（ああ）と、相去ること幾何《いくばく》ぞ、善と悪と、相去ること何若《いかん》》ですからね。先程も申し上げたように、華僑協会の代表者だった林文慶氏はさし当り同朋の生命を救う必要があった。それで、華僑協会を日本軍側の嫡出子にしてしまおうとした。そして、渡辺さんが軍政部長になる前は、事実、それでうまく行ってたんです。

ところが、新たに無理難題が吹っかけられて来た。金を集めようと言ったって、状態が実に悪い。そのうちに末端では、又逮捕者も出る、という始末です。金がなくて一家心中した者もある。逃げて、ジャングルの中の抗日ゲリラに加わったのもいます。店を売ったのもいた。もっとも正確に言えば、最後まで、のらりくらりとして遂に払わずに済ませたのもいる」

一江氏は、そこでにっこりした。私は、一江氏のこういう話ぶりに好感をもった。話は明暗どちらが欠けても、陰影と安定を失う。

「軍のほうも、実情が想像以上にうまく行かないので焦《あせ》ってたのを、私は知ってます。当時協会は、この募金事務のためのオフィスを吾盧倶楽部《ウロウくらぶ》に設置してましたが、黄堆金はそこに通訳として来ていました。協会の宣伝部長の呂天保がその責任者になってました。金を払えないという嘆願が、毎日山積みになって殺到する。軍側はそれを見てますます威丈高になる。金を出させるために、華僑銀行やローカルの銀行を開かせた。これらの地方銀行は、南方開発金庫や横浜正金銀行から軍票を借り入れて、営業を始めたわけです。

話はとびますが、通訳の黄堆金は終戦の時、抗日ゲリラに暗殺されたようです。呂天保の方は香港に逃げた」

「末端の責任を追及しても仕方なかったんでしょうがね」

「わかりませんね。黄堆金は、終戦後、死刑になった豊田という曹長と組んで、献金をおくらせている者を片っぱしから逮捕させた。そしておどしておいて、金を出します、と言わせて釈放した、ということになっているんです。そのようなことが軍部の、ひいては日本人全部のやり口だと思われていた。そこから総ては出てるんです。弟さんも、たとえそれが当事者でなくても、報いを受けて死んで当然なのだ、と彼らは考えたでしょう」

一江氏は、それを、これ以上、ひめやかに言えないほど、低い声で言った。私は空が暗くなって来たのを見ていた。空気に雨の匂いがして来た。

それは死の匂いを思わせた。

中国人がどこからか茶を沸かして持って来てくれる。粗末なかけ茶碗だが、埃っぽい現場で心遣いが嬉しかった。

「この家の廊下へ渡辺軍政部長が華僑協会の代表者を呼びつけて、一時間もの間、椅子も与えずに立たしておいた、と言われましたね。それで脅しはうまく行ったわけですか」

私は一江氏に尋ねた。

「うまく行ったというべきかどうか、とにかく、その時、初めてここで、華僑全体で、五千万弗ないしは六千万弗集めれば……という話が、渡辺軍政部長の口から出た。それも、《強制はしないが》ということだった。しかし金を出せば《軍当局に保護を熱請する》と言った。

これは裏を返せば、金を出さなければどうなるかわからん、と言う暗示ですからね。しかもその時、渡辺さんは協会の人たちに向って、お前たちは蒋介石に献金した。《英国の走狗になった》という意味のことを言った。私も外人ですからニュアンスを本当に摑んでいるわけじゃないですが、華僑に対して、《走狗になる》ということは、最大の侮辱をあらわすことになるらしい。その時までは、何とか協力せねばなるまいと思っていた人の中にも、その一言を聞いて態度を硬化させたのもいると言うんです。全く、何と、日本人はアジアを知らずにアジアで、何かをしようとして来たかと思いますね」

当時マレーには、一億数千万弗の紙幣しか流通していなかった。英国は全マレーに戦争前二億二千万弗分の紙幣を出していたが、降伏の時にそのうちの一億弗近くの紙幣を焼却したと言うのである。私は一江氏には確かめなかったが、恐らく、現在流通している紙幣の総額の五十パーセント近くを集めろ、という不可能事を強いた日本軍のやり方の中には、報復の意味もあったのではないか、と思われる。

しかし、報復を受けるべき英国は、当時シンガポールにおいて、既に実体を失いかけており、華僑がその攻撃の目標になったのである。

「水島さんのほうが私よりはるかに経済的にお詳しいと思うから、言う迄もないですが、金の苦労はこたえますからな。しかも、日本では、たとえ或る会社で手形が落ちなくてお手あげだということになっても、当人の生命までには係わって来ない。自殺でもする人がいれば皆《シャッキントリだって、生命までとろうという人はいなかったのに》というようなことを言いますからね。しかし、ここでは現に、とっぱじめに何千人もの華僑を殺した。五千万弗集められなければ、やられる、という気持を抱いたのは当然だと思いますよ」

私にも次第に、その切羽つまった華僑協会の空気が想像つくような気がし始めた。

「華僑と言ったって、出身はいろいろですからね、むずかしいんです。あの時はやはり、言語的な区分で分けて事を計ったんだと思いますよ。福建、広東、客、海南島、現地生れの人たち、湖州というグループでした。各班毎に世話人が出ましてね、財産調査をやった。

私は林先生のケースをよく知ってるんですが、先生に対する割当額は二千二百弗でした。ところが先生にはそんな金はない。アモイ大学の教え子たちが少しずつ出し合って先生を助けていました。先生は大変だったんですよ。協会の代表であるということは、全マレーの代表でもあるということでしたからね。シンガポールは、それでも何とか割り当て額を集めた。しかし、マレー各州は必ずしもそうは行かなかった」

「幾ら集まりました」

「総額で二千八百万弗でした。これが、もうギリギリだった。ゴムや、貴金属の物納まであったくらいですから」

「それで許して貰ったんですか」

「いや、そうはいかなかったんです。五千万弗という額は山下司令官に通知してあった。だから、それをくずすわけにはいかない。結局、金は借りたんだと思いますよ。正金銀行が華僑協会に二千二百万弗貸しつけたという形にしたんだと思うんです。そして、あれは七月の末だったと思います。協会は、山下さんに、五千万弗の小切手を奉納した。あくまで表面自発的に、ということにはなっていましたがね。怨みのこもった金が渡されたんです」

私は掌の中の茶碗の支那茶を飲み切った。工事場のドリルの音がしきりに響いて来る。それは新しいシンガポールの物音なのだろうか。古き時代に属した人々はすべて亡霊になりかかっているのだろうか。

二

そうこうするうちに、雨は沛然《はいぜん》と降り出した。団が言っていたように斜めに紗の幕を引いて行くような降り出し方だった。

「困りましたな」

私は傘を持って来なかったことをくやんでいた。自由に動き廻るためには、傘はいつも携帯すべきものとわかっているのに、それを怠っていたのだ。

「なあに、少し待っていれば、間もなく上りましょう」

遠雷が砲声のように聞えた。

「この頃、少しだらだら降りますがね、本来は、さっと上るものです」

一江氏は悠々としていた。

「ざあっと降って、又、照りつける。だから植物が繁茂するわけですね」

「植物園はごらんになったのですね」

「ざっとですが」

「あそこには戦争中、東北大学の田中館秀三先生が園長になっておられたんです。当時、いまのシンガポール植物園長のアルフォンソ氏が先生の助手になっていました。他にボランティアみたいな恰好で、アーベンソというスイス総領事の奥さんが手伝いましてね。先生は『マレー森林要覧』を完成された。この仕事はC・F・サイミントンという人がやりかけていた仕事だったんです。

田中館先生の後に、京大の郡場寛先生が来られた。先生は当時、収容所にいた、英国人の植物園長をもらいうけられましてね、『マレー森林記録』を二冊、完成なさったですよ。第一巻が蘭、第二巻が羊歯類でした。一巻八百ページ以上もある厚い本です。学問というものには、戦争も敵性国人もないもんですね。

植物じゃないけど、動物園の方でも、古賀・羽根田両先生が『マレーに於ける有毒動物』を調べ上げられた。完成したのは終戦まぢかだったので、英軍に引きついで来られたようです。しかし、これらの学者については、戦後、ストレート・タイムズもほめていましたよ」

ドリルの音もやんでいた。外枠だけできている建築現場では、別に雨のために休むこともないとは思うのだが、この天水桶を抜いたような降りの中では、人間は母親の胎内で羊水に浮んでいたような気分になって、しばし仕事の手を休めたくなるのかも知れない。

「終戦後でしたが、私たちがジュロンのキャンプに収容されていた時、六千人もいましたのでね。生鮮食料品がなくて、実に困ったんです。ことに野菜が足りない。

そこに郡場先生もおられたんです。日本の内地でも代用食にしきりに食べられる野草を開発していたでしょう。郡場先生は、豚草と呼ばれる野草がいいことを発見されましてね。それをキャンプの中で、栽培することにしました」

「豚草は花粉が、喘息《ぜんそく》の原因になるとか言っていやがられてますがね。同じものでしょうか」

「私は、植物にはてんで弱いんです。豚が好きだから、豚草なんですがね、日本の豚草も豚が好みますか？」

「日本の豚は、囲いの中に入れて飼料が決ってるから、好きか好きでないかも、わからないんじゃないですか」

「私たちがジュロンで食べて以来、それがシンガポールの庶民の間に定着したんです。スピナッツと連中は言ってますけど、我々の言うホウレン草じゃない。成育が早いので、値段が安くて、油いためやスープに入れてもうまい、というんです」

私は初耳であった。既にどこかで、青い野菜として食べているのかも知れない。姿かたちを覚えて帰って日本でも食べてみようかと私は思った。家内も古いつましい女なので、摘み草には野趣を感じると共に、ただで食べられることに、非常な情熱をもやすのである。

「お疲れのところ、誠に申し訳ありませんが」

私は一江氏に言った。

「一日、自分の用事で引き廻して本当に申し訳ないのですが」

「とんでもない、引き廻したのは、私のほうです」

「もう一ヵ所だけ、団が裁判を受けた所を見せて頂きたいと思うのです。新平君はまだあまり市内に詳しくないので、そういう所は探しにくいと思いますので」

「お安いことです」

雨が小やみになる迄には、更に二十分はたっぷりかかった。ちょうど中国人が上って来たので、我々はお茶のもてなしに礼を言い立ち上った。入口に鍵をかけて貰わねばならないからである。

ほんの一瞬、私はここに住んだ人々の生活が眼に泛ぶような気がした。この家も百年は経っているというから、最初は誰か白人が持っていたのだろう。今、この荒れて埃にくすんだベランダには、当時はきれいに籐椅子がおかれ、オウムかインコの籠が天井から吊り下げられていたかも知れない。鉢植えの植物は熱帯植物ではない。バラでなくてはいけない。それからテーブルは、籐で縁どって真中がガラスのやつなのだが、その上に、近くの木で囀っている小鳥を見るための古めかしい望遠鏡と、金箔で型押しした皮表紙の詩集がページを開いたまま伏せてある。いや、部屋は今よりもっとほの暗かったかも知れない。なぜなら、この土地では、薄暗い、ということは涼しさを意味するのだから。そのために白と紺のだんだらに塗りわけられた竹のブラインドが、深々と開口部を覆っている。それらの人々の子孫は、どこへ行ったのだろう。

私たちは小雨がまだ降り続いている工事現場を、車を待たせている表の道のほうへ出て行った。邸内にある大樹の梢で、鳥がしきりに啼いているが、濃い葉の蔭になって姿は見えなかった。私は思いついて一江氏に尋ねた。

「シンガポールでは、外人が不動産を買えるのですか?」

「前は買えたんです。しかし、最近は規制されました」

動物が穴から出て来るように、雨上りの道には人々と車が溢れ出した。何もかも洗い流されるような降りだったのに、早くもあたりはエンジンの排気で臭くなっている。大気汚染は日本ばかりではない。太古さながらの空気を味わいたかったら、窮極としては工業国をやめるほかはないのかも知れない。

小さな町であった。一日中で、同じ所を何度も走る。

「変なことを伺いますが」

一江氏は私に尋ねた。

「水島さんは、ロータリーというものはどこで始まったか、ご存じですか？」

「エンジンですか？」

「いや、道で、交叉点のところに、丸い部分をつけたやつです」

「いや知りません。漠然と、イギリスか何かが考え出したもんだろうと思っていましたが」

「少なくとも、シンガポールでは、日本占領中に初めてロータリーができたんです」

「本当ですか」

「当時、祐村工務科長という方がおられましてね。オーチャード路《ロード》の入口を円形ロータリーにしたんです。それが初めてでした。もう、そういうことを知っている人も少ないですがね」

一江氏は車は今、地裁に向っている、と言った。

「裁判は全部そこだったんでしょうか」

「いや、西村近衛師団長や河村警備司令官、それに大石第二野戦憲兵隊長なんかの裁判は、ビクトリア・メモリアル・ホールでした。私は証人に呼び出されたものですから、よく知っているんです」

一江氏はそう言ってから、

「実は、私は、山口という憲兵少尉と、下村という憲兵曹長がチャンギーに入れられていたのを、明日が処刑という前日に訪ねたことがあるんです。この二人は、マレー共産党のエキスパートでしてね、英軍の保安隊でも、一緒に働いていたことがあるんで、英軍側としても聞きたいことがいろいろあったらしかったんです。

保安隊からはリースという軍曹が調査に来ました。私は、せめて何かをと思ったんですが、ろくなものもない。茹で卵とミルク紅茶を、魔法壜に詰めて行ったんです。

二人は特別監禁室という所にいました。Cホールの一番奥です。私の顔を見て二人はひどく喜んでくれましてね、かわるがわる手を握りしめた。そして明日は、陛下の万歳を叫んで行くから、ご心配なく。家族によろしく、とだけ言いましたね。リース軍曹も、本来は調査に来たんだからと言うので、マレー共産党の陳平《チンピン》のことなどぼそぼそ聞いてましたが、さすがに明日殺される人に、しつこく訊問を続ける気にもならなかったんでしょうね。早々と仕事を切り上げてしまった。私は卵を出しましてね、二人に食べさせたんですが、喉に詰ってうまく食えない。

その時、ふっと、このまま卵で死んでくれたほうがいいかな、と思ったりしたことを覚えてますな。

帰りに手を握った時、リースが泣いてました。

入口まで出る間に通りがかりの独房の中に、原鼎三中将の顔が見えました。この方はアンダマンの第十二根拠地隊の方だったと思いますが、ひょい、と私と眼が合った。私は理由もなく狼狽しましてね、やっと目礼を送った。すると、中将はにこっと笑って頷くようにされた。あれはすばらしい微笑でした。あれは人間のものでしたな」

「それは、いつのことですか」

「六月十八日です。中将も翌日処刑されたんです」

異常記憶の持主だと言ってもいい一江氏はさらりと答えた。

シティ・ホールの上にはシンガポールの旗が翻っている。そのすぐ脇がビクトリア・メモリアル・ホールで、その裏側の、官庁街の横丁を入った奥に、地裁の建物が見えていた。白堊《はくあ》の、こぢんまりとした、イギリス風の建物である。玄関は四角く張り出しており、各々の隅を数本ずつの円柱がしっかりと屋根を支えていた。青空が見え、雲が白く流れ、風が透き通っていた。

「これはきわめて個人的な印象ですがね、弟さんのケースではない、他の戦犯裁判の記事で読んだことです」

道を歩きながら一江氏が言った。

「あれは多分、カーニコバルのケースでした。リチャードソンという牧師が証人台に立った。この人は、息子を日本軍に殺されているんです。反対訊問で、《あなたは、息子を殺されているから、怨みでもってそういうことを言うのではないか》と聞かれている。するとこの男は答えるんです。《違います、私はただ正義が行われるのを見たいだけです》とね。

私はそれを読んで、この牧師に同情はするが、つまらん奴だと思いましたね。なぜかと言えば、聖書のどこかに、この世はそういうもんじゃない、っていうことが、ちゃんと書いてありましょう。正確には覚えていませんが。つまり、いい人間の上にも悪い人間の上にも神は陽を照らし、悪い人間のためにもいい人間のためにも、等しく雨を降らせる、ってね。牧師なら、それを知らないわけじゃないでしょう。現に弟さんの上には、正義なんか何も行われなかった。報復があっただけだ。

この牧師はむしろ、子供を殺されて腹が立つから、この日本人たちを殺して下さい、と言ったほうが正直でしたよ。私はキリスト者ではないから見当違いを言っているのかも知れんが、そのほうが、体裁のいい正義を云々《うんぬん》するより、神も納得するんじゃないかと思いますけどね」

玄関を入ったすぐ右側の部屋で、一江氏は知り合いに、建物の中に入る許可を求めたらしかった。それから板張りの階段を二階へ上った。階段にはターバンを巻いたインド人が五、六人たむろして道をふさいでいた。

「シンガポールでは弁護士にはインド人が実に多いんです」

二階の左右に法廷は一つずつあり、この時間には誰もいなかった。部屋の向きがそうなのか、今、法廷には西陽が当って、はじけ返るように明るかった。裁判官席は一段高く、半円形のドーム型の天井を持っている。明るい部屋なのに、更に天井の螢光燈がつけっ放しになっている。大きな扇風機があるが、それは全く動いていなかった。

これが、団のいた所かと思いながら、私は明るさの中に立っていた。私は前のほうの席まで行って、ベンチの背を摑んだ。団がそこに坐っているような気分だった。

団はいつの間にか、私の追憶の中で、少年になっていた。いつも大真面目な子だった。体操の鉢巻を締めるのが下手で、何となく他の子と比べると角度がおかしかった。

この部屋に入った時、団は、裁判は公正な結果が出ると思ったのではないだろうか。もし裁判を信じていて、死刑の判決を受け、しかも上告ができない、とわかった時に、団は何を思っただろう。恐らく裁判が行われたのは、朝のうちだろうから、法廷には、反対側から、朝陽がさし込んでいたろう。私はふと思いついて、手提鞄の中から、小さなカメラをとり出した。チャンギーでは、写真撮影を禁止された。

今、初めて、団のゆかりの場所を、私は記録しておこうと思ったのだった。

「写真を撮ってもいいのでしょうね」

私は一江氏に尋ねた。

「本当はいけない、ということなのですがね」

さっさと撮ってしまえば、という含みが感じられて、私はシャッターを押した。三枚目を押している時に、入口のほうから声がした。誰か一江氏の知人が地裁にいたらしい。一江氏がその一見中国人とみえる男と握手をしに行っている間に、私は間の悪い思いで、カメラを下ろした。

二人は何か二言、三言立話をした挙句に、男のほうはすぐ姿を消した。

「知人がいましてね。今またすぐ戻って来るそうです」

一江氏は言った。

「もう一つの法廷のほうへ行きましょうか」

造りは全く同じだったので、今度は、私は窓の所に立ってゆっくりと景色を眺めた。団は窓外の景色を見る余裕などなかったろうが、長い間チャンギーに入れられていた後の、これが最後の「窓からの眺め」だったかも知れない。私は再び、それをカメラに収めた。体がすくむほど虚しく思いながらも、そうせずにはいられなかった。

間もなく、先刻の中国人が戻って来た。一江氏は私に彼の姓だけを紹介したので、私には彼が、この裁判所の職員なのか、それとも裁判官なのかわからなかった。

一江氏は暫く男と中国語で喋っていたが、やがて私に言った。

「ひどい裁判もあったそうですよ。裁判長が被告に、《お前たちさえいなくなれば、この世はもっといい所になる》と言ったケースもあったらしい」

一江氏はそう言ってから、

「もっとも、そういう奴もいたでしょう。それが実感だった場合もあるでしょうね。しかし、何もかもごっちゃにされるところが世の中ですな。正義を選び出すということは、通常人間が考えるほど簡単な仕事じゃないです。

上官が卑劣だった例も多い。下のほうは命令されてやっただけなのに、いざとなると、自分の責任を他人におしつける人もいましたしね、さまざまでした。当時の二十五軍の参謀のうち、辻政信作戦主任参謀は潜行三千里で行方不明でした。林参謀は飛行機事故で死亡しているし、朝枝参謀も生死不明、結局、杉田一次大佐だけが二十五軍の生き残りの情報参謀でした。この方はしかし、上官の罪をあばくための証人になるよりは、と言って自決されたんです」

「亡くなられましたか？」

「いや、生命だけはとりとめました。私にはその気持がわかりますね」

一江氏と中国人は、又話を始めた。私はその間に、あたりを歩き廻った。そして中国人はかなり暫く経ってから、私に、「ここでは写真は禁じられています」とにこにこ笑いながら言ったが、それは却って、彼がわざと、私が写真を撮ってしまうまで待っていてくれた、と思わせる柔らかな調子を含んでいた。

13

一

ホテルへ帰ると——長い一日の終りに——フロントの鍵箱に真野新平からの伝言の紙が入っていた。

「よろしかったら、今夜お会いしたいのですが。夕食もお待ちしております」

私はエレベーターで十七階の部屋に上るまで、この伝言の文面を考えていた。余計なことだが、このエレベーターはひどく速度が早い。ただ停る時にはやや思わせぶりに、ストンと軽く、球技の球が穴ぼこに落ちるようにストップする。するとその時、私の頭の中でも、老化によってややめぐりの悪くなっている考えが、ツボに、すぽっと入り込むように思うことがある。同様に、その日も私は、十七階に停る時になって、新平のメッセージには、単に私をほったらかしにしてあるから、飯でも食おう、という以上のものがあるように感じられた。

このシンガポールでは、一日歩くと皮膚は汗で皮膜をかぶされたようになり、呼吸がしにくくなっているように感じるものである。従ってシャワーを浴びたい、という欲求はきわめて強いものになっているが、私は部屋に入るとすぐ新平に電話をかけた。

「只今、帰りましたよ。メッセージをありがとう」

「一日中ずっとおでかけだったんですね。何度かお電話したんですが……お疲れだったでしょう」

「今日はね、何年も前から知りたかったこと、いや知らねばならなかったことを、大分知りましたよ。まだ謎に包まれている部分もわかってきましたがね」

「お疲れでしたでしょう」

「そうだね。長い日だったな。よく映画の題名なんかで、『なんとかの長い日』なんてのが、ことに戦争映画のタイトルにあるでしょう。あの題は、恐らく戦争体験者の実感だったんでしょうね。今日初めて、それもわかりましたよ」

「よろしかったら、ご一緒に食事をいかがですか?」

「そうしましょうか。実は昼に、普茶料理をごちそうになってね。お精進だから腹がすくかと思ったら、逆だね。まだ、あまりお腹が空いているようにも感じないけど、まあ、一食抜く訳にもいかんでしょうし、ビールは飲みたいね」

「それでは、僕のほうからホテルへ伺います。ホテルのすぐ近くに、汚ないとこですが、水炊きを食べさせる店がありましてね、そこで軽く上ったらいかがですか」

「それはいいね。そう願いましょう」

「シャワーをお浴びになった頃、伺います」

私はしかし、受話器を置くとベッドの上に横になった。大して働いた訳ではない。元渡辺軍政部長が接収していた家でも、話を聞きながら坐っていただけである。しかし、けっこう疲れていた。昼寝をすべき時間に動き廻っていたからであろう。人間が状況に従うということは、常にかなり大切なことなのだ。さからうと生きていけない。国民性というものはそうして作られていくものであろう。そして、それこそが、大きな救いなのである。

チャンギーにいる間、団たちは空腹に苦しんでいた。空腹から逃れるためならば、何でもできる、と思った、と団は一度だけ書いている。そして、一時的にもせよ、そのような形で自分を失うのが怖さに、団は比較的、腹が満ちているように思える時だけ、物を書いた、と書いている。人間には明らかに二つの死がある。肉体の死と魂の死と。それを忘れてはならない。現代の日本人は、魂の死の危険性を忘れかけている。思想的な弾圧もない。空腹その他、正常な思考を奪われる恐れのあるような外的状況もない。実は内部からゆるやかに、魂を腐敗させるようなものはあるのだが、それらは徐々にやって来るので、私たちはあまり気がつかなくて済む。
団は、ほかにやり方があったろうか。なかったであろう。肉親さえも救えなかったのだから。しかし、彼は、肉体の死と魂の死が別であることを嗅ぎつけていた。そして、そのどちらをとるかと言えば、肉体の死をとるほかはないことも嗅ぎつけていた。

私はこれについては、本当は書く気にもならない。ましてや、人と語る気にもならない。魂を生かすために肉体の死をとるべきだ、などということが、軽々にも、重々にも、言えようとは思わない。人間は、肉体的に生きていてこそ人間なのだ。しかし、魂を殺してまで生きのびるに、この世は値するものなのだろうか。団がもし、人間を殺していたなら、団は、精神の上でとっくに死んでいる自分を感じたであろう。チャンギー刑務所の中で、団はさし当り、肉体の死の前に、部分的、瞬間的に、自分を失うこと、自分の魂が死ぬことを恐れていた。空腹が心を弱めることを恐れ、憎しみが人生全般を見る眼を昏《くら》くすることを恐れていた。団は、平凡な自分が、今日一日だけ、さし当り、「自分であること」だけを希《ねが》って生きた。それはささやかなことである、と同時に、偉大なことでもあった。団は、肉体の死の予感と闘うと同時に、魂の死とも闘っていた。人間は二度死ぬのである。それを私たちは忘れかけている。

新平を待たせてはいけないと思い、私はやっと自分をふるい立たせて、シャワーを浴びた。すると、さっぱりして、シャワーを先にすればよかったと思った。服を着ている最中に、もう、フロントからかけて来た新平の電話があった。

「お急がせしたんじゃないでしょうか」

階下で、私の顔を見た時、新平は真先にそう言った。

「いやいや、ちゃんと汗も流したしね」

「一日、いろいろ辛い思いをされたでしょう」

「いや、もう、過去のことですよ。幸いに、団は死んじまってるんでね。今、彼がチャンギーで生きている、というのだと辛いけどね」

私は、そう思うことにしていたのである。それは、半分本当で、半分明らかに嘘であった。

「このすぐ前の道をちょっと入ったところに、屋台に毛の生えたような食い物屋があるんですが、そこへ行こうかと思いますが」

「そうしましょう。私も、実はそういう所が好きなんだ」

それは、確かに日本風の感覚で言えば、レストランとは言えないかも知れない。四角いコンクリートの柱の並んだ土間に、さまざまな食い物屋が店を出している。裸電球がちかちかと輝き、煙がたなびいている。そば屋、焼鳥、甘いもの、何でもあるように見える。

私たちは、水炊き屋の店の中、と言いたい所だが、実は店の外の歩道のような場所に置かれた、丸いテーブルに腰を下ろした。戸外である。すぐそこを、道行く人が歩いている。

「見せびらかして飯を食うというのは、無邪気でいいものだね」

　私は新平に言った。

「日本人も、門のあたりにテーブルを出して、そこで表を通る奴を見ながら、飯を食うようになるといいと思うね」

「日本人は見栄っ張りだから、できないでしょうね。門の傍で食べるとなったら、ビフテキか、鯛の尾頭つきを用意して、メロンなんぞ無理してつけちゃうんじゃないですか」

「そうかね、あいつメザシ二匹、おから炒《い》り少々とたくあん二切れで食ってる。大した倹約ぶりだ。あれじゃさだめし金が残るだろう、というような形で、相手を威圧する手もあると思うけどね」

「それだけ自信ある人は少ないですよ」

　湯の沸き立った鍋が運ばれて来る。テーブルはアルマイトが張ってあり、ややべこべこしている。沸き立った湯の中に、串にさしたさまざまなものを入れて、茹でてちょっと辛いソースをつけて食べるのである。運んで来るのは十歳くらいの男の子である。両側のこめかみのあたりを短く刈って、もうこの年くらいから生活を支えているような利発そうな顔をしている。串ざしにしたものは、私の目で見たところでもひき肉、イカ、うずらの卵、魚、蝦など、山のようである。

「おい、こんなに持って来たって、食えやしないよ」

と言うと、新平は、

「いつも、そう言うんですけど、だめなんです。もっとも、後で食べた分だけで計算してますから」

と平然としていた。

「実は、そろそろ、帰ろうかと思っている」

と私は、新平に言った。

「一江さんのような方に会えるとは思わなかったんでね。あの人に会えなければ、行き当りばったりに、この倍の日数いてもわからなかったと思うよ」

「そうですか。それはよろしかったです」

「明日は墓参をしようと思う。それでもういい。あとは、私が死んで、もしあの世というものがあってだね、そこに団がいたら説明してやる」

私はゴルフ場の傍で起きた惨劇の話を新平にして聞かせた。

「弟さんは、あの世で、それを聞かれたら、怒られるでしょうか」

「《ああ、そうでしたか》と言うだろうね」

「なるほど」

「あいつも、よくわかってた男なんだ」

「何をですか」

「人生が不当だ、ということをさ。常にね。神は正当に報いない、ということだ。今さら言うことでもないがね」

「正義というのは」

「この世にないから、永遠の憧れなんだ。そして、誰かが言ってたじゃないか、もし希望がそっくりそのまま現実になったら、人間は救いようのない状態になるって。やり残されてること、不備なところがあるからこそ、人間は生きて行かれるらしいよ」

「そんなこと、おっしゃっていいんですか」

新平は言い返した。

「あなたは、やはり当事者でないから、つまり、殺されたのは弟さんだから、そんなことをおっしゃっていらっしゃれるんじゃないんですか」

「そうかも知れない」

私は少しも否定しなかった。

「しかしなあ、団は、この世が初めから終りまで、本質的に不備なものでしかあり得ない、ということを知ってたんだ」

「……」

「不備を不備でなくそうとすると別の不備が出る。一生というのは不備を生きることなんだ。それを団は知っていたんだ。知っていても、普通の人間は自分がその不備を一身に受ける場合になると、それを不当だと言って叫び出すものなんだ。我々の身のまわりにはそのての人間ばかりだろう。私も多分そうだ。それを団はしなかったのさ。だから、かわいそうだった」

私は酔おうとしていた。

団のことをほめる場合でも、まともにほめたくなかった。できるだけ、団が照れないように言いたかった。団は劇的なことを好かない人間だった。

「それは……何というか、並々ならぬ、方だったんですね、変な言い方ですが」

新平は言った。

「そうだったんだろうね。いや、そうは見えなかったけどね、そうだったんだろう。あいつが生きていたら、しかし必ず言うよ。《私は何一つとして選んだんじゃありません》ってね。《殺されただけです。僕は何ごとによらず、選べる状態にはありませんでした》って……」

よく考えれば、私としてはシリメツレツではないのだが、新平には、私が酔うべきでない時に不謹慎にも酔っ払ったという感じがあったかも知れない。

「実は、昨日、母の主治医の挾間先生という方から、電報が来ました。電話を貰いたいということでした」

新平は言った。私は汗を拭った。常夏の国で、冷房もない露天で水炊きを食べる。暑さが爽快なのだということを、この国の庶民は知っているかに見える。

「死んだとは思いませんでしたが、何事だろう、と思って、今朝、先生の自宅に電話をしました。すると、こういうことなんです」

挾間医師は、十日程前から新平の母の菜々枝に退院をすすめていた。帰る家がないわけではないのだから、一週間に一度くらいずつ、通って来たらどうか、ということで説得していた。菜々枝はそれに対してはかばかしい返事をしなかった。新平が、あまり役には立たないが、まあいないよりはいいという程度でおいた父方の従妹夫婦は家賃をただにしてやる代り、多少は家の管理も、母の面倒もみてくれそうではあるから、丸っきり一人で居場所もない女をほうり出すわけではないのである。

しかし、退院を言い渡されてから、菜々枝は拒食を始めた。初めは反抗的に食べず、後には叱られるとトイレに捨て始めた。トイレが不当に詰ったので調べてみると、食事の捨てたものがあり、〝犯人〟は菜々枝であることがわかった。

「それでもこっそり食べてるんじゃないの？」

私は言った。

「腹が減ると、そんなこと、できないもんだろうと思うがね」

意識の奥深く、遠い所で、私は団が空腹に苦しんだことを、又もや考えていた。

「それで、挾間先生は、当分、病院へ置くほかはない、とおっしゃるんです。それから病人のために、一応、表向きの担当を代るから、ということですね。それから、用心に用心を重ねはするけれど、他人の注意をひくための自殺行為は重ねてあるんじゃないか、と思うというお話でした」

「そうだろうね。素人が考えても、そう思うよ」

「そういう話を聞かされたのが、今朝のことなので、まだあまり考えもまとまってませんけれど……」

「それでいいじゃないか。当人が入院はいやだと言うなら別だけれど、入ってたいと言うのだったら、どこがいけないかね。君も他のやり方をするよりは、まだ楽だ。たとえば、家へ連れて帰るとなったら、それこそお守りをしかねるだろう」

「ずっと、一生、病院に置いておくことになるでしょうか」

「それでいいじゃないか。そこが合ってるなら。ただし、金の面で続かなかったら、もっと安い所へ入れたらいい」

「挾間先生のいない所では、何をするかわかりません」

「挾間先生なんてどこにでもいるんだ。要するにあの女《ひと》は、誰だっていいんだよ」

「不思議な気持です。僕にはわかりません」

「要するに、あの人は満たされてないんだ。だから、幼稚な恋愛ごっこをし続けるんだ。あらゆる見えすいたテクニックを使っているだろう。病気になって誰かに介抱される。それでも見放されそうになると、死ぬ、と言って脅かしてみせる。誰にも見えすいているのに、自分では気づかれてない、と思っている」

「母は、確かに、女としては満たされていなかったでしょう」

「気にすることはないよ」

私は細い道から空を見上げた。隣の焼鳥屋《サテー》から、鳥を焼く煙が立ちのぼっている。その煙の中に、半月が上っていた。

「誰だって金輪際、満たされちゃいないんだから」

二

私はかなり酔ってホテルに帰った。酔ってはいたが、私は眠くもなく、不思議な気分だった。

私は団が菜々枝と結婚していたら、ということを考えてみた。団は処刑もされず、日本に帰って来て、愛していた菜々枝と結婚したとする。そして何十年か経った後が、今の有様だ。

さっき私は、菜々枝が満たされていない、と言った。すると新平は、それを、母が長い間一人暮しをして来たことを指しているととった。それもあるかも知れない。しかし、私はそんなような意味で言ったのではない。菜々枝は恐らく、団と結婚していても満たされないのだ。世間には性こりもなく恋愛をしていたい女がいる。さして美人でもなく、若くもない女に限って、そうなのだ。それらの女たちは野放図に誰か男にもてていたい。それも家庭を壊さぬ程度で、やりたいのだ。相手がどれだけ不純かなどということは考えない。たとえ、いかなる計算ずくであれ、自分に近寄って来る男が多少とも自分に好意を示せば、それだけで夢中になる。

団は菜々枝が、自動車運転練習場の教習員や、株屋の青年や、パーマネント屋の男性美容師や、ふと乗り合わせたタクシーの運転手や、子供の受持の教師などの男たちに次から次へと夢中になることに、耐えねばならなかったろう、と私は思うのだ。生き延びた団の、それが「バラ色の現実」だったろう。だからといって、死んだほうがいいということには決してならない。しかし生き延びたからといって、団が幸福になるという保証もまた、どこにもなかったのだ。

何ということだろう。私はシンガポールに来て、団の無念な最期を確認し、もし生きていたなら団にはどのような未来が開けていたかを思うつもりだったのだ。それは団に手向けるべき最も平凡な希いだった。かりに団がまだ幼児のうちに死んだとしよう。その場合の未来は、かなり想定がむずかしい。団の性格もまだ固まっていないし、好みも予想がつかない。しかし、団には戦争がなければ、いや戦争はあっても戦犯にさえならなければ、我々はかなり精密に、彼の今日を予想することができたのだ。その結果がこうであった。滑稽な、酷な現実のようであった。

私は眠ろうとしていた。私はつまり意識下で、団の死をあらゆる形で認めたがっているのではないか、と私は考えた。あの時、弟を救えなかった兄としては、あの事件はむしろ、その後に来るもっとひどい運命を、団から避けさせるためのものだったというふうに思いたがっているのではないか。それならそれで、そのような卑怯さは、眠りの中に閉じこめてしまわねばならぬ。私は事実、間もなく眠った。自分に眠ることを命じ、それに素直に従ったような、奇妙な眠りであった。そして私は、ふと目を覚ました。酔いは覚めていた。私は枕許の電燈をつけ、時計を見た。午前四時半少し過ぎであった。

それでも、私は暫くの間、もう少し眠れないものかと考えていた。私は六時少し前に目を覚ますことはざらであった。そしてうまく行くと、私は再びとろとろと眠り、七時近くまで、薄《うす》溶《ど》きの眠りを切れ切れに味わうことができた。五時前から起きてしまうのは、いかに何でも早すぎる。しかし、私は眠くなかった。私は何故このような時間に目覚めたのかわからなかった。暑かったり、寒かったり、気温の変化でもない。物音でもなかった。寝汗をかいたのでもない。手洗いに行きたいのでもなかった。私は声のない声で呼び起されたような気がした。

私は立ち上ってカーテンを開けた。町はまだひっそりとしていた。点々と灯がともり、灯は瑞々しい南国の夜の藍色の肌を浮き立たせていた。

私は惹かれてベランダのドアを開けた。

さっとひそかな気配と共に、空気が流れこんで来た。南方特有の、湿った何かの香りを含んだ空気の体臭だった。それは不気味なほどの、永遠の若さをたたえていた。恐らくこの空気は、一七〇〇年代の初めに、スコットランド人の探検隊アレクサンドル・ハミルトンがここへ初めて上陸した時も、一八一九年一月、スタンフォード・ラッフルズが、僅か戸数五十戸ばかりのシンガポールに第一歩をしるした時も変らなかったに違いない。それはさらに団が、或る朝、獄中で、「見廻りの男の服に貼りつくようにして持って来られた」と感じた朝の匂いとも同じものだったに違いない。

オーチャード路を車が走って来る。朝までブリッジでもして遊んでいた人か。それとも、早くも仕事に就こうとしている人か。犬が走っている。すぐ目の下の、何ともわからぬ廃屋のような建物の庭に赤い花が咲いている。オレンジ色のシャツを着た男が足早に歩いて来る……。すべて束の間の生を得ている人たちだ。

私はふと背中に寒いものを感じた。実際に夜気が寒かったのではない。私はここへ来て初めて、団がすぐそこにいるような気配を感じた。幽霊が出る場所と時間としては、この新しいホテルの十七階は恐ろしく不似合いな状況だというのに……。

私は逆に追われるように、ベランダから部屋に入った。私はシンガポールに来て以来、まだ取り出してもいなかった茶色いハトロン紙の封筒を取り出した。その中には団が折々に書いて、たまたま私たちの手に入った遺書が入っている。それらは、さまざまなやり方で入手した紙を使っていたらしく、あらゆるものが混っていた。ノートの紙、便箋、英字新聞の切れっぱしまである。

『母上様

ここにいると、自分の感情に、自信が持てなくなるのが辛い。マレー半島を南下していた時にも、疲労や恐怖で、私はしばしば、自分の感覚が異常であるという実感を持ちましたが、それは異常という形で、正常な自分とつながっていることが感じられたものです。いつか私は隣にいた前田という男と喋ったことがあるのですが、彼はマレー半島では、一度も星を見た記憶がないと言う。私はジョホールにいた時でさえ、星を見ていましたから、これは、かなり余裕があったと思うべきかも知れません。

しかし、ここでは、どうも、うまく行かない日があります。説明しにくいのですが、自分が自分でなくなるように思う瞬間がある。そういう時には、物を言わないこと、書かないこと、と心に決めています。心配しないで下さい。それらの異常は、ほんのちょっとしたことで元へ戻るのですから、深刻なものではないのです。

たとえば、ちょっとお腹がくちくなると、私は、心がゆるんで来るように思います。他愛のないものです。それから母上、兄上や、菜々枝さんたちが、今どうしておられるかと思うこと。どんなに苦労をされているか、どれほどの恐怖を味わっておられるかを思うと、私は心がひき締り、そのことによって、自分を失いかけそうになっている甘い自分が、恥ずかしく感じられます。

それから、これは、本当に不思議なことだったのですが、今朝方、起床直前に、私たちの房の外を、一人の看守が歩いて行きました。そんな時間には、通常人間は歩かないものなのですが。私は彼が近づいて来る気配で目覚めました。ほんの数秒早目に目が覚めていたのがよかったのです。

私は彼が、私から三米と離れていない所を歩いて行く気配を、じっと寝たまま聞いて（というか、見てというか）いたのです。すると信じられないことですが、彼が通った後、突如として私の頭のあたりに新鮮な自然の匂いが振りまかれていったのです。それはまるで、太古以来、一度も人間の汚濁に犯されたことがないような、ときめくような生命力を保ったような空気の匂いでした。その空気は、恐らく、その見廻りの男の服に、貼りつくようにして持って来られたものだったのでしょう。そして、母上様、お喜び下さい。私はその時、生れて初めて、最も純粋にこの世に生を受けたことに対して、ふるえるような感動を味わったのです。

こんなふうに書くと、母上のお心を傷つけるのではないかと恐れます。自分が、日本で幸福な家庭で守られていた頃、全くしあわせを感じなかったように思われるかも知れませんから。しかし、そうではないのです。私は、鈍感なために、しばしば感ずべき時を失して来ました。たとえ、私が、この先どのような生涯を送ろうと、この、全く理由のない、問答無用の生の実感を、ほんの僅かな時間にせよ味わえたということ。そのことだけで、私の生涯は無駄ではなかった、と思えるのです。それはつまり、私がおくればせながらにせよ、そう思えるだけのものを、過去に、充分に、お与え頂いたからです』

私はあたりを見廻した。団は朝の風に乗ってやって来ているように感じられた。しかしこのような透明な朝の後に、すぐさま暗黒の時間が来る。

『今日は、再び、自分が失われて行くように感じられる。自分を引き戻すために書いている。自己喪失の危険の中にある時は、できるだけ書くまいと思ったのだが。狂犬の行動は犬の行動ではない』

この文章は少し、文意が不明確であるが、つまり狂犬のビヘービヤを見ていて、それを以て、犬の習性とするのはムリ、ということなのだろう。団は自分を狂犬と感じていた。

『時々、このようなことが、この世にあっていいことはない。ある筈はない、と思うことがある。私は何をしたというのだ。私は当ったか当らぬかわからないがともかく狙って数十発の引金を引いた。それは確かだ。そのためにこうしている、とはっきり言われるなら、まだいい。私は殺人を意図した。私はその意味で、充分に人並みに盲目だった。しかし私は、その他の何の記憶もない。私はこのような状況を無残に思う。それは途方もなく汚ならしいやり方だ。私はかつて旧約の中で〈伝道の書〉というのを読んだ。私はそれを読んで、その時は深く感動した。しかし、今、あの虚偽性がよくわかる。〝天の下に正しきことが行われたためしがない〟というようなことを〈伝道の書〉は言っていた。〝空の空、いっさいは空なり〟と。しかしそれは虚偽だ。空ではない。ここにはれっきとして無残がある』

死ぬまでには、確かに無残があった。そして死後、団の存在は、「空の空」に還ったように見える。その間の、質的な変化はどこで行われたか。私は前にも言ったと思うが、冷酷な人間である。私は、自分の肉親だからと言ってことさらに、死者に死に対して、意味づけをしようなどとは思わない。空しく死ぬことが、死者の唯一の英雄的行為を示す冠になることさえある。

しかし、私は、今、多少当惑していた。団は四分の一世紀以上経って、私がこの土地に現われ、一江和則氏のような人物に会うことを、見抜いていたようにも思うのである。

『母上様

今日は又、何かしら、私には不似合いな、恩寵の微光とでも言うべきものが、さして来たように感じています。フィヒテが《自然における死はすべて誕生である》と言った言葉を思い出しました。誕生もそうである如く、死も、その人間であることを完成するために、自分との格闘である、という意味のことを言っています。

母上様、私は、今次大戦の全貌を知りません。私は常に十米以内のことを見て来ました。戦いが激しい時には、時には視界は三米、いや一米、いや地面に突っ伏した時などは五糎《センチ》以下になりました。それが私の見た戦いであったと思います。

しかし、歴史は決してそのような捉え方をしません。歴史はあたかも天から地上を見下ろすようです。そうすれば、そこで多くの殺戮が行われて来たこともまちがいない。

私は実はシンガポールについてはよく知りません。我々は戦争終了後間もなくメダンに行ってしまった。しかし、何事かはあったのでしょう。

母上様

昨日から、私は自分の置かれている不当な立場の意味がわかりました。いや、わかりかけたような気がします。

今度の大戦では多くの人が死んだ。理由と状況はどうであれ、その死に対する憎しみは、地球に渦をまいて、汚水のように濁った。人間は決して理性の存在ではない。理性的人間はいますが、それはそうでない人々と僅かな差でしかない。私は、平凡な人々の、憎悪の渦がわかります。それらの憎悪を鎮めるには、たった一つの凡庸な手段しかない。

それは報復です。あたかも火事を鎮めるには、水をかけるしかないのと同様です。

恐らく、これだけの殺戮の後片づけをするためには、かなりの数の無辜《むこ》の人々の死がいるのです。それらの人々を殺すことによって、報復を望んだ人々の心に、冷え冷えとした虚しさが流れる時、我々は初めて戦いの本質を見たことになる。それこそ〈伝道の書〉の著者の言う空の空を味わうことです。

万が一、私が死ぬことにでもなったら、それはまさしく、そのような人間の愚かさに組み入れられることです。しかし、私は悲しみをもって言わなければならない。その愚かさというものは、決して異常なものではない。それは遍在しているものなのです、と。

母上様、こうお考え下さい。私は遍在している人間の或る種の情熱に組み込まれたのだ、と。そしてそのことは必要だったのだ、と。口先だけで平和を唱えるより、そのことの方が、ずっとずっと誰かにとって身にしみてこたえるものだったのだ、と』

14

一

「墓へはちゃんと紙コップを持って行ったのだ」

と私は、家内と、家内の甥に当る向野学《こうのまなぶ》を前において、ビールを飲みながら言った。

「だから、カルピスを水で割って供えて来た。初めは供えたんだけれど、それでは飲んでくれたような気がせんから、墓の前の土にしみこませて来た」

私は向野とさし向いでビールを飲んでいた。向野は新聞記者である。入社して二、三年目ではないかと思うが、五、六年目になっているかも知れない。彼は普段は私の家になどは寄りつきもせぬ。家内は甥に対する情愛を持っていて、正月は年玉をやるのを楽しみにしていた。向野のほうでも、年玉をもらえる歳の間はそれにつられて、少なくとも年に一度は来たものである。しかし、就職をすると、さすがに年玉を貰うこともはばかられるのか、もう顔を出さなくなった。一つには新潟支局へ出ていたせいもあるかも知れない。果してそこで、下宿のすぐ近くの洋品屋の娘と結婚して戻って来た。新潟美人で健康そうな娘だから誰も文句を言う筋合ではなかったけれど、とにかく意志の弱い奴である。

普段寄りつかない、私の所へなぜ来たか、と言うと、私がシンガポールへ行って来た、とくにチャンギー刑務所を見て来た話を聞きたかったのかも知れない。刑務所という所は、まことに、そう簡単には見られない場所である。向野は自分の興味があれば寄って来る。自分勝手な奴である。

とは言っても、何が口実であろうと、若い者が我が家に来てくれる、ということは悪い気分ではない。

私は今、団の墓参の話をしているのだった。私はシンガポールを立つ前日、初めてヨーチュ ーカン路にある日本人墓地を訪れたのである。

「マレーではあの時、何人死んだんです?」

戦争後に生れたこの青年は、のんきな表情で私に尋ねる。

「三千五百人だそうだ。しかしそれより驚くべきは、昭和二十年九月から、昭和二十二年四月までに千人近くの軍人、軍属、作業隊員が死んでいる」

「ということは、終戦後ですね」

向野は言いながら、思い出したように細長いメモ帳をとり出して、何やら書きつけた。そこらあたりが僅かに新聞記者風だった。

「終戦後、どうしてそんなに死にましたか」

「泰緬鉄道の件を知ってるか？」

「戦場にかける橋、ですか」

優秀な記者でも、思いつくことはまずハリウッド映画らしい。

「泰緬鉄道は、全長四百二十八粁だ。昭和十八年十月十七日にできた。これを十ヵ月でやった。使役に使われて死んだのは、濠州兵が三千六百人、英兵が三千四百人の合計七千人。それにマレー各州から、いろいろな形でかり出されて死んだ労務者が二万九千人ほどいた」

「何が主な原因なんです。栄養失調ですか」

「それもある。しかしマラリヤ、アメーバ赤痢、チフス、コレラもあった。傷がうむ熱帯性潰瘍もあった。何しろモールメンから生きた牛を買って運んだんだそうだけど、現場についた時は痩せて食うところもなかったそうだ。捕虜の待遇もひどかったらしいが、日本人のほうだって格段にいい、というわけじゃなかったんだそうだよ。そして鉄道はできてもあまり役に立たないまま終戦になった。それから戦争裁判さ。この泰緬鉄道関係では百十一人が死刑になった」

「百十一人ですか？　千人じゃないんですか」

向野は言う。この若者の頭の中では、人間の数は、野球場かメーデーの人出としかとらえられないのだろう。

「八千人に匹敵するだけ、日本人殺してもいいと思ってたんだろう。報復だからね」

「どこでです」

「終戦と同時に日本軍の作業隊は、ケッペル港の荷役作業とパヤレバーのシンガポール空港の建設に使われたんだ。どっちもバラックに住んで、ひどい労働に従事した。ここでも過労、栄養失調、マラリヤ、それに脚気さ。千人近く死んだんだ。この数百人は、恐らく泰緬鉄道とは無関係なんだ。今のシンガポール飛行場さ。あそこは、日本占領中は泰緬鉄道完成後にチャンギー刑務所に戻って来た敵側の捕虜で作業が開始された。終戦後は、今度は日本兵があの滑走路を作ったんだ。そこで千人近く死んだんだ。わかるか。あの飛行場でね、それだけ死んでるんだ。誰も気がつかんがね」

「その人たちのお墓もあるんですか」

「ああ、団たちの墓と並んでた。団のはな、殉難烈士之碑と言うんだ。港や空港を作ってて死んだ人たちのは、作業隊殉職者之碑と書いてあった」

ヨーチューカン路の墓地はのんびりとしていた。戦前はよくあった、うららかな学校の校庭のようでもある。小さなお堂がある。そこに近づいて行くと、どこからともなく中国人の青年が現われた。日本人会で傭っている墓守りだと聞かされていた。しきみはないが、線香をくれた。私はすぐに団たちの墓を見つけることができた。

誰が手向けてくれたのか、蘭の花がまだ生き生きと花いけにさしてあった。すぐそばに赤いハイビスカスも揺れていた。それはのんびりと明るい場所だった。私は初め、落着かない思いでその前に立っていた。それから思いついて、墓守りの青年に水をくれと言って、紙コップを見せた。

彼は私がそこで飲むものと思ったらしい。すぐにどこかから薬罐に一ぱいの水を持って来てくれた。私はそこで持参の壜の栓を開け、カルピスを調合した。濃いのか薄いのかわからなかった。私はそこにあった三つの碑——殉難烈士之碑、陸海軍人軍属留魂之碑、作業隊殉職者之碑の前に一つずつ、そのカルピスのコップを置いた。

ここにもまた、報復を受けた人々の沈黙があった。その報復は、報復の報復であり、報復の報復は、報復の報復の報復であったのだろう。その不毛の情熱が、人間の愚かさにとって必要なものであった、などという澄んだ賢い強い目を、どうして、まだ若かった団が持てたのか。人間は恐らく、永遠に賢くはなれないのだ。理由はないが、私には手応えがある。

私は、その時、地下の人々の声を聞いたように思った。飲ませてくれ、と彼らは言っているようだった。私は、再び三つの墓の前まで行って、一つ一つのコップの中身を空けた。碑の後ろに墓石というか、墓柱と呼ぶべき石が立っているのである。あたりは芝に似た青草がびっしりと生えていた。カルピスはその上に大らかにしみ通っていく。あたかも死者の喉をうるおしたかの如くである。

団たちの墓の後ろには、扇椰子が植わっている。そのあたりに蠅か蜂かわからぬがぶんぶん羽音がする。カルピスの甘い匂いを嗅ぎつけて騒いでいるのかも知れない。地球は常に生の気配に満ちている。その生は確実に死とつながっている。ほんのいっときの生である。それがいたいたしく、鮮やかである。私は団より確実に三十年も生き残った。長い年月だったと言うべきだが、短いとも言える。差はないような気もする。

私は背後に、静かな、控え目な視線を感じた。例の墓守りの青年である。彼は蜂よりも静かに、私のすることを見守っていたのだが、私はふと思いついて、新しいコップに彼の分と私の分とカルピスを作った。そして彼に飲むように渡した。初め酒かと思ったらしい。この地にもドブロクがあるのかどうか、私にはわからないが、彼は一瞬、匂いを嗅ぎ、それから、にっこりした。何となく甘党の青年という感じが、私にはした。私も一緒に飲んだ。

《グッド？　(うまいか？)》、

と私は訊く。青年は頷く。

「それで、伯父さんにとって、シンガポールでの収穫は何だったんです。お墓まいりをしたほかに、何かありましたか」

　これこそ、新聞記者的質問という奴だ。私は少し意地悪な気持になる。

「何もないよ。相手は、死んじまってるんだからね」

「事の真相はつきとめられなかったわけですね」

　私はちょっと考えてから意地悪く聞き返した。

「新聞では、真相というものが、そうそう始終わかるのかね」

「もちろん、わからないものもあるでしょうけどね。わかってるのも、けっこう多いんじゃないですか」

「真相と思われるものはね、わかるだろうよ。しかし、真相そのものがわかり得るものは、実に少なかろう」

　誰が殺したかは、割り出せる場合も多いであろう。しかし何故殺したかということになると、それは一新聞記者、いや、あらゆる他人のわかるところではない。

「しかし、僕は、その事件のあった夜の話、ちょっとおもしろいと思いますね。つまり、《ダン》という名の男が、そこに侵入して殺人をした。どさくさだから、まちがいかも知れないけれど、相手が中国人で、日本語がわからないと思うと、案外、平気で、相手の名前呼んだりすると思うんです」

「団という人間がいたというわけだね」

「いたかも知れない。もちろん、いないかも知れませんけどね。その夜、その附近にいたのは……」

「第十八師団は南のほうにいたんだ。近衛と第五師団と、第三戦車団は第五師団にくっついていた」

「団という人がいたかも知れませんね。終戦の時、第五師団はどこにいたんです」

「わからん。そこまでは調べなかった。シンガポールにはいなかったと思うけどね」

「すると、他の師団に《団》という人がいるかいないか探すことはできなかった。しかし、シンガポールの人としてみれば、《団》を軍事裁判に引き出すことは必要だった」

「他に、いると思うのか?」

「いるかも知れません。いないかも知れないけど……探し出してみましょうか」

「何か書くつもりかね」

「書いちゃいけませんか」

向野は笑った。

「大丈夫ですよ。書く時には、伯父さんにちゃんと断わってから書きますから」

二

私は、新聞記者というものを、いや、甥を当てにしていなかった。毎日が忙しかろうし、第一、探し出してみたところで、それほどおもしろい話でもない。戦争の中にはあちこちに転がっている話であろう。しかし、意外と早く彼は、六月の半ばには再び電話をかけて来た。

「伯父さん、今日、社の帰りに、ちょっとお寄りしていいでしょうか」

私は、不安なものが、胸のあたりをよぎるのを感じた。

「何かわかったのかね」

「わかったようにも思います。とにかく、夜伺います。十時半くらいになりますが」

普通ならとっくに眠っている時間である。しかし彼の職業を思えば仕方なかった。私はテレビを見ながら彼の来るのを待った。私は不思議な気分であった。このままにしておくことが、団の平和を乱さないような気がしていた。そう思うかたわらで、乱されたくないのは、団ではない、自分の心なのだ、とも思った。

約束の時間より更に遅れて、十一時近くに向野学はやって来た。

「お腹すいたでしょ。ちょっとはお腹ごしらえできるようなものを作っておいたのよ」

と女房が言っている。所帯をもった男に言う言葉かと思う。

「伯母さん、じゃあ、かけつけ一ぱい下さいよ」

ビールのことである。

「ごくろうだったらしいね」

私は、彼が茶の間に入って来ると言った。

「いやあ、馴れてますからね」

「学ちゃん、お風呂にでも入ったら?」

女房はまだ言っている。

「いいですよ」

彼は台所の家内のほうに向って言った。

「団という人ですけどね」

向野はできるだけさりげなく言おうとしているようだった。

「いるにはいました」

「………」

「団徳松、という男です」

「どこにいる?」

「終戦で引き揚げた当時の本籍も住所も、松野市ですけどね。この人は第五師団の第一六七独立歩兵大隊にいました」

「終戦の時、どこにいたんだ？」

向野がこの前、私に訊いたのと同じ質問を私はした。

「アル諸島という所です」

「アル？」

「ニューギニアの竜の顎の下あたりにある島でした。今はインドネシア領です」

私は場所があまりはっきりとは目に浮ばなかった。

「僕は軍隊のこと知らないから、五師団って、大体一つとこにいるんだと思ってたんですよね。そしたら、タンニバル諸島とか、セラム島とか、西イリアンのカイマナ地区とか、いろんな所にいるんですね。終戦の時は、一部はシンガポールにもいた。驚いちゃったよ」

西部劇の騎兵隊の話でもしているようである。

「どこで調べたんだ？」

「厚生省ですよ。いろいろと大変でした」

向野はにっこりした。

「これが、佐藤一郎とか田中正男とかいうんだったら、完全にお手あげでしたね。団だから助かったんですよ。西洋人はすぐ、呼びつけにするのは姓名の名《めい》のほうだと思うでしょう。ロバートとか、ジョンとか。しかし、日本人は姓を呼びつけにするでしょう。だから、僕は団というのは姓だと思ったんです」

彼は便箋に書いた一枚の住所を渡した。「松野市水笠大字大堀字堀留」とある。

「団徳松か」

「わかりませんけどね。事件の当人かどうか」

「電話を当ってみようか」

「当ってみました。松野市にはないんです」

「今、電話のないうちはめったにないからなあ」

私は呟いてから急に思いついて言った。

「死んだんじゃないか?」

「厚生省の調べでは、この人は日本には帰って来ています。復員後の死亡はわかりませんけどね」

「帰って来てから死んだからね、実にたくさん」

団徳松が事件の張本人で、そして自然死を遂げていてくれることほど、私には静かな結末はないように思えた。

「電話がないとすると、ここにいる可能性もあまりないとは思うんですけどね」

「まあ、ゆっくり考えてみるよ。つきとめてみたいという気になるか、それとも、もうこれ以上たくさんと思うか……いずれにせよ、ご苦労だった」

私はそう言ってから、つい心やすだてに言った。

「新聞記者もサラリーマン根性になったって、どこかに書いてあったけど、意外とやる気もあるんだね」

「冗談言わないで下さいよ」

私は何事も、億劫《おっくう》なたちである。性格がそうである上に、結核がそれに拍車をかけた。いや、結核などやったから、こういう性格ができたのかも知れない。

私は時々、松野市水笠という土地を訪れる自分を想像していた。松野市の現在の地図を見ると、松野市水笠町は一丁目から三丁目に分れている。大字大堀字堀留は何丁目になるのかは、東京ではわからない。

私の想像の中で、団家は大きな農家であった。このあたりでも珍しい、茅葺《かやぶき》屋根である。シェパードが縁側の前に坐ってこちらを見ている。家の前は一面の水田であった。田の表は吹きわたる風に、まだ若い稲と水が揺らいで緑と銀のさざ波を立てている。それはあたかも舞台面のように、私の眼前に、はっきりと見える光景である。

家の全景には、まだ二つ、特徴のあるものが見える。一つは、樹齢百年を越えるだろうと思われる藤である。その藤の花が、今、盛りであった。水田はもう田植えを済ませているのに、まだ藤の花が燃え立つようなのである。

古い家の大きな土間から、その時、一人の男が出て来た。背の高い男で、つるのところだけがプラチナ色をした流行の眼鏡をかけている。服は、何か縞があるのだろうが、ダーク・スーツと言いたいほど黒い。家の前には、黒いベンツがおいてある。この家の自家用車なのである。

そこで、私は、はたとこの光景の不自然さに気づく、田植えと藤の花の歳事記も少しおかしいと思われるが、この男のベンツは出て行く道がない。この豪農はあたかも、水田の中の浮島のような所に建てられているが、そこから、どこへも道がつながっていないのである。

しかし私は我ながら、よくできた空想だと思った。ことに当主が、殺し屋みたいな背広を着て、ベンツに乗っているところが滑稽である。何から何までらしくないところが、却って迫真性がある。

三

私は、向野が帰った後も、ずっと団について考え続けていた。空想は間違いなく間違いであった。ベンツを乗り廻している男が電話をもたぬ筈がなかった。私は電話のない事にかなりこだわっていた。それはつまり、団徳松に連絡をとるな、会うな、という事に違いないと思った。

「そっとしておくほうがいい事なんだろうと思うよ」

私はその夜、妻に言った。私は相手の賛同を期待していた。

「そうでしょうか」

妻は言った。

「行って、見ていらっしゃればいいのに」

「行って見てどうするんだ」

「どうという事もありませんよ。知りたい事は調べたらいいし、会いたい相手には会ったほうがいいんですよ。遠慮してても何もいい事はないと思いますよ」

そうだな。この先長く生きるという事もないんだし、と私は思った。

「松野ならちょうどいいじゃありませんか。吉田さんを訪ねて、それから行ってみれば」

吉田というのは中学の同級生で、松野市からそれほど遠くはない岩間温泉郷で宿屋をやっていた。正確にいえば彼はその宿屋の入り婿になったのだ。

シンガポールから帰ってから私は妻に、温泉に行きたいと二度ばかり言った事があった。あまりにも繊細で精巧な日本の春の盛りの真只中に身をおくと、しきりと温泉につかりたいような通俗的な欲求にかられたのだった。

そうだ、少し遠くはあるが吉田の家で温泉に入ろう。

私はともかく吉田に手紙を出してみることにした。それが再度、団という人物に会うべきか否かを運命が決めてくれる契機になるだろうと思った。

一週間ほどで吉田から返事がきた。喜んで待っている、という事だった。吉田の家も息子の代に変っているらしかった。「時間はいつでもつくれるから」という返事がその事を裏書きしていた。

私は、梅雨のある午後、新幹線で東京を発った。

この年になると、どんな土地へ行っても、これが最後の旅行になるのではないかと思うのが常であった。少なくとも私は、そう思うように自分に強いていた。

それがなくなったのは、いつからだろうか。自分の内心の事でも、定かには言いかねる事が多い。しかし私には心当りがあった。私はシンガポールを発つ時、わざと真野新平にも送ってもらわずに一人で空港へ向った。私は少しも深刻な気持をもってはいなかった。

私は荷物を預けるとレストランに行き、そこでビールを紙コップに入れてもらった。それを持って私は空港の外に出て行ったのだ。戸外はねばるような太陽が大地を打っていた。柳がそよぎ、花が揺れ、風は充分に海の匂いを吸って甦っているようだった。私は人々を眺めるふりをして木蔭に立ち、冷たく冷えたビールを再び大地にこぼした。もうカルピスはなくなっていた。

ここが戦いが終った後になって、なお数百人の人々が死んだ土地なのであった。彼らはここから無言のまま永遠に旅立ち、今も旅立つ人々を眺めていた。旅は歴史であり循環であった。生も死も旅の中に組み込まれていた。この土地に眠る人々に対しても、私は、自分の「最後の旅」を思う事はないと考えた。私は彼らに手を振って別れたかった。私は、おそらく二度と、シンガポールの土地を訪れる事はあるまい。しかし一度にせよ、私は「彼らに会えた」だけましであった。

夕方六時少し過ぎに、私は、吉田の家に着いた。

「わざわざうちへ来てくれたんじゃないのやろ」

吉田はちょっと皮肉を言った。そんなところに、昔の彼を彷彿《ほうふつ》とさせるものがあった。

「人を探してるんだ」

私は軽い調子で言った。

「口入れ業を始めたか」

吉田は冗談を言い、

「男か女か?」

と尋ねた。

「男だよ。死んだ弟と同じ部隊にいた人だ」

私は少しでたらめを言った。シンガポールに行った事は手紙で知らせてあったので、吉田はなんとなくわかったようだった。

「松野の水笠町というところにいるらしいんだけど……」

「そんなら遠くないわな。うちの車で行けば一時間もかからん」

「電話が無いんでね。電話がないという事はいないという事かもしれんのだ」

「何という人だ？」

「団徳松」

「聞かん名前やな」

「お前は県下の人間の名前を、たいてい知っとるのか」

この男は、博覧強記だったと私は思い出していた。

「そんな事はないけど、いろいろな意味で、ひっかからん名前やな」

「団という名前は、この地方に多いのか？」

「いや、そういう事もない」

翌朝、私たちは、九時に吉田の家を出た。車は、松野市にある女子短大へ通っている吉田の末娘が運転してくれた。

「大字大堀字堀留というからには、堀が多いんだろうな」

私は吉田に尋ねた。

「城下町だからな。せやけど、道が狭いんで往生しとるわ。小さな堀は暗渠《あんきょ》にして道にしたはずや」

堀が埋められたばかりではなかった。町は区画整理をしていて、新しい広い道を使っていた。スーパーマーケットができ、三階建のコンクリートづくりの、ミシン屋のビルディングもあった。

「昭和二十年の町の名前を言うても、おまわりにもわからんやろな。今は一丁目二丁目やからな」

しかし、聞く方法がないではなかった。私たちは古い米屋を探した。軒の下の軒先の梁の先端には、燕が巣を作っていた。

昔の堀留は、それから更に五百米ほど走った所だった。今度は、畳屋の前で私たちは車を停めた。出てきたのは、まだ二十代の若い女だった。

「さあ、団さんていう家は、この辺にはありませんけど、ちょっと待って下さい。今お祖父《じい》ちゃんに聞いて来ますから」

私たちより少し歳が上かと思われるダブダブのズボンをはいた老人が、間もなく奥から現われた。

「団？」

老人は、何か知っているようだった。

「大工の団かね」

「さあ、職業はわからないんですけど、昭和十六年ごろ、シンガポールへ兵隊で行ってた人がいたはずなんですがね」

「ああ、それなら団徳松や」

「ご存じでしょうか」

「団なら、もう、松野にはおらんわ」

「どこへ行かれました？」

「東京やろ、と思うわ」

「東京？」

「東京やないかも知れん、川崎やったかも知れん。あれは、昭和三十年頃、出て行きよった。徳松はあまり大工商売を好かんかったんやな。何か別の商売をする言うて、奥さんの実家を頼って、店をたたんで行きよったわ」

「今、どこにおられるかわかりませんか」

「うちは知らんな。しかし、調べてほしければ調べられるかも知らん。すぐにはできんけど、何とかなるかも知れん」

「頼みますわ」

吉田がはたから言った。

「何しろ、この人は東京から来たんや。団さんの戦友やから。会いたい言うて、わざわざ探しに来たんや」

私は吉田のでたらめに苦笑しながら、名刺を出した。

「申し訳ありませんな」

私は言った。

「何とかして会えたら、と思ってますんでね」

本当にそうなのだろうか。只、私は人間的であろうとしているだけだ。会わないほうがどれだけいいかわからない人が、この世にたくさんいることを知りつつ、性こりもなく会おうとしているだけであった。

「昔、団の家もつきおうてた家が、在のほうにあってな。こないだも、そこのおやじが東京に行って、団に会うて来たとか、会うつもりで会えんかったとか言うとったから、聞いてみておくわね」

「まことに厚かましくてすんまへんけど、今電話かけて調べてもらえまへんかいな」

吉田が言った。

「それがな、おやじは台湾とやらへ旅行中や。嫁さんも息子もそういうことは一向に知らんし、かみさんは歳上で耳が遠いから、電話はあかんのや」

「それはそれは、すんまへんな。じゃあ、まあ、よろしく頼みますわ」

吉田と私は、外へ出た。

「手ぶらであんなこと頼んでよかったかな」

私は言った。何かちょっと、手土産でも持参すればよかった、と私はくやんでいた。

「かまわん、かまわん。松野の人間は、義理がたいからな、うけ合った以上ちゃんとやるわ。やらなんだら、オレが又出動する」

こちらには、そんなことをして貰う義理はないのだ、と私は言おうとしてとまどっていた。

私は、もう一晩、吉田の家に泊って帰京した。吉田は二月に来いと言った。雪に降りこめられる頃が、このあたりでは、最も美味な日本海の魚がとれるのだった。

私は、あの畳屋から、返事が来ないことを再び期待していた。吉田は気安く保証するが、見知らぬ人間に、それだけのことをしてやる理由は、あの畳屋にはなさそうに思われた。在の知人という男も台湾旅行の感激に酔って、そんな話は考えたくもない気分かも知れなかった。しかし七月五日になって、一通の封書が郵便受けに入っていた。ハトロン紙の、事務的な封筒だったので、私は大谷畳店という名前を見ても、私はついこの間、自分の家の畳替えをしたばかりだったので、その請求書が来たものと思い、松野からの連絡だとは、瞬間的に思いつかなかった。

15

一

大谷畳店からの手紙は請求書ではなかったが、横罫の便箋に書かれた、何となく請求書風のものであった。

「前略、おたずねの団徳松様のご住所がわかりましたので、お知らせ致します」

文面はそれだけである。住所は保谷のほうであった。

住所がわかっても、私はどうしていいかわからなかった。私は或る日、そこへ出かけて行って団徳松に会う光景を、想像してみたりもした。私は考えてみれば、団について空想ばかりしている。初めは田んぼの中の藤の花の咲いている農家に、ダーク・スーツを着た二枚目の団徳松がいる、と想像した。今また、私は、保谷の、多少は東京の郊外という面影の残っている土地の、最近できたという感じのする家に住んでいる団徳松を空想の中で描いていた。彼は首の太い大工であった。大工でデブという人はめったにないと思うのだが、私の空想の中の団は、つるっ禿で太っていた。目もぎょろ目であった。そのず太い目で、彼はどんな戦いの合間にあっても「快楽」を見つけようとしてきたのだろう、というふうに見えるのである。

私は、二日間その手紙を、机の上に載せたまま放置しておいた。実際、どうしていいかわからなかった。ところが三日目になって、まるで匂いを嗅ぎつけたように、甥の向野が電話をかけてきた。

「その後いかがです」

「元気だよ」

私は、そう答えてから、

「団徳松の住所がわかったよ」

とつけ加えた。

「それで、行ってみましたか?」

「いや、まだだ」

向野は、自分が出て行きたそうな表情を、電話器の向うからありありと匂わせた。しかし、彼は、人間の本質的な部分には他人が立ち入ることはできないのを知っている男だったので、住所を教えろとか見てきてやろうとかは、言わなかった。そして私は、ここまでこぎつけるのに働いてくれた彼に、やはり報告をしなければならないという義務感に駆られて言った。

「そのうちにねえ、訪ねて行ってみようとは思うんだ。ただその時、何と言っていいか、その科白《せりふ》が僕にはまだわからんのでねえ」

「しらばっくれられるんじゃないですかねえ。俺には、そんな覚えはないと言われれば、それまででしょう」

「もちろん、本当の人違いだってあるさ」

私は、向野には言わなかったが、それ以外のあらゆるケースを予測して、鬱陶しい思いになっていた。たとえ人違いではなくとも、シンガポールの一家虐殺事件を、この男の家族が知っているとは思えなかった。たとえ、四分の一世紀後であったとしても、家族があらためてその事実を知った時、どんな思いになるかと思うと、私は心がたじろぐのを覚えた。ことに、相手に娘や息子がいて、思春期に、父の犯した事件を知ったとしたら、それは第二の殺人的な効果を与えることになるかもしれなかった。

私はそもそも、他人に対して親切な人間でもなく、団徳松に対しては、ことに労《いたわ》らねばならぬ、何の理由ももってはいなかった。しかし、それでもなお、私は石を投じることが、億劫なのであった。

「君にも世話になったんだし、団徳松には会うべきだという気もするんだ。しかし、思い残しがないように、もう数日考えてからにするよ。そのうえで、また、僕の手に余るようなことがあれば、君に相談の電話をかける」

「そりゃあもちろん、おじさんの心のままにしたほうがいいですよ。これは誰のでもない、おじさんの終戦処理なんだから」

向野に対して、私は今までいつも、未熟な感じを懐いてきたが、その言葉で、私は初めて彼に、一人前の男の配慮のようなものを感じた。彼の言う通りであった。国家が戦争の後片づけをするという考えは公式論であった。戦争に限らず人間は、一人ずつ自分の心理に結末をつけてゆかねばならないのだ。いかなる社会も、個人の完全な代弁者になることはあり得ない。私たちは、窮極においては一人で歩く他はない。早々と白旗を掲げて、緑蔭で休むもよし、すでに戦いを終えた平和な町の一隅で、なおもしぶとく長い年月にわたる闘争を続けるもよい。

翌朝、起きてみると、庭の紫陽花《あじさい》が実に瑞々しく見えた。ふと、真野菜々枝のことを思い出し、あの病院には眼の届く限り緑の植込みなどなかったような気がした。

「紫陽花の鉢植えというものもあるんだろうな」

私は妻に言った。

「ありますよ。わりと安いもんですよ。でも色は、売りものの鉢植えのはやはりいいのね。肥料が違うのかしら。それとも、色のいいのを選んでさし木でもするのかしら」

私は真野菜々枝に、紫陽花の鉢植えを届けようと決心した。相変らずあの女は、五十を過ぎても、イチゴやバラの模様の寝間着のほうを欲しがるのかもしれないが……。

私は、近くの花屋で鉢植えを買い、それを抱えて、タクシーで、病院に出かけて行った。肉体的に生かされているということが、それで人間の、充実した生を意味するというわけではない。しかし彼女にとって、他にどんな生き方があるというのだろうか。

精神科の病棟は、あまり見舞う人も無さそうである。私が入って行くと、ベッドはもぬけの殻であった。私が再び廊下へ出て、きょろきょろ辺りを見廻していると、逆光線になって、ふっくらと白っぽいガウンを着た女の姿が見えてきた。それは何となく、中身がほんの少ししか入っていないキャンデーの包みを思わせた。

「菜々枝さん」

私は近づいて行ったが、菜々枝はあまりはっきりした反応を示さなかった。もっと近づいて行ってから、私は、

「どうしたんです。元気でしたか？」

と尋ねた。

「ええ。ええ」

菜々枝は、私がわからないのではないらしかったが、私に会ったことによって、当然ひき起

されそうな表情は見せなかった。

「ご無沙汰しちゃったね」

私は、うろたえながら言った。

「君の部屋に行こうか？」

「ええ、ええ」

と菜々枝は言ったが、それは納得してそうしているという表情ではなかった。菜々枝は厚化粧をしていた。それも白過ぎる白粉を斑《まだら》にはたいているので、マシュマロのように見えた。私は、シンガポールから帰って、手紙で新平が元気でいたことを伝えただけで、まだ会いに来てもいなかったことを思い出した。

「紫陽花があまりきれいだったので、届けたかったんですよ。時期は少し遅いんだけれど」

「それはどうもありがとう」

菜々枝は、気のない声で言い、傍らの椅子の上に置かれた花を、ちらと見て、

「きれいね」

と一言言った。しかしそれは、どんなへたくそな俳優でも、こうも心のこもらない言い方はしないだろうと思われるほど、虚ろな響きをもっていた。

「その後、具合はどうなんです？」

私は、彼女がきちんとベッドの上に収まるのを待って、尋ねた。

「大して良くも悪くもないんですけどね。ただ、主治医の先生《ひと》が交代になったんですよ。新しい先生には、私の病気がわからないでしょう。だから、なかなか良くならないの」

そのようなことが、病院の制度で、実際にあるかないかわからないが、とにかく菜々枝はそう思いこんでいるのであった。

「別に、特にどこも悪くなさそうだから、そろそろ家に帰ってもいいんじゃないかな？　病院のご飯はまずいでしょう」

「いいえ、私はここのほうがいいのよ。糖尿病もあるし……。家へ帰ったって、何もおもしろいことないんですもの」

「誰だって、おもしろいことなんかあるもんか。おもしろいことなくったって、みんな生きているんだよ」

マシュマロのような表情は変らなかった。

「団が、死刑になった理由を探しに、シンガポールへ行って来たんだけどね」

私はそう言って菜々枝の表情を窺った。

「昔のことでしょ……。昔のことは言ったってしようがないわよ」

「もちろんそうだよ」

「私はね、今のほうが楽しいわ。昔のことはすぐ忘れるの」

「それは結構だ。何にせよ、今楽しいことが一番大切だよ。新平君からは手紙が来る？」

「時々はね。でも、この頃、あの子がどんな顔をしてたかよく思い出せないのよ。六つぐらいの時の顔は、はっきりしてるんだけど」

思いがけず、私はちょっと胸を衝かれた。

「何か欲しいものはないかな。この次来る時、持って来るけど」

「いいえ、いいのよ。そのうちに、挾間先生が、私の受持になって下されば、何でも買って来て下さるから」

私は頷いた。それが病的な状態なのか、菜々枝は、谷間に時々雲の切れ片が落ちてくるように、意思表示が明瞭になったり、そうでなくなったりする。意識が明瞭な時がしあわせなのか、そうでない時が安らかなのか、私は判断がつかなかった。私は、十分後には、病院の門を出ていた。

二

『母上様
もしかすると、私は母上より、先に旅立つかもしれません。先立つ不孝をお許し下さいという言葉がありますが、そんな月並みなことは申しますまい。私が望んだり、不注意で、そうなったことではないのですから。

母上様

私は、戦後の日本の将来を予見する能力はありません。日本には母上も菜々枝さんも生き残っておられるのですから、今までの日本とは似ても似つかぬ、平和な良き国になれかしとは願っています。しかしそれは、あくまで抽象的な希望であって、具体的なものではありません。もし、日本がよくなり、皆が幸福になってくれれば、私は言うことはありません。しかし、そのような日が来ることを、私は信じることはできないのです。それは、私の生来の性格的な不幸と思いますが。

海の夜明け、空は色づき、波は呼吸し、雲は暗闇から解き放たれて、次第に紺色から軽々と白んで浮上し、海面は柔らかく陽に染まりながら流動し、幾千幾万かの、ゆらぎ、ふるえる生の証《あか》しを見せる。海は合唱し、香り、永遠の、善でも悪でもない、只、広々と息づくものを見せる。私がここチャンギーの中で、そのような幻の光景に立ち向えるのは、本当に幸福なひときなのですが、母上様、私はそのようなれっきとした地球の営みに、ついぞ心を許したことはありませんでした。

私の死によって、母上も、その時こそはっきりと、この地上の生というものが、悪夢だとお思い頂けると思うのです。悪夢と言っても、それは束の間の輝くようなしあわせにもつづられた悪夢でした。それが、この世の老獪なところなのです。

私は死ねばたった一度だけ、他の人にはできぬ孝行ができると信じています。それは、母上に、この世に深く絶望して、そして、意外に心も軽く、死んで頂けるかも知れない、と思うことです。しがみついて、生きていなければならぬようなこの世ではありませんでしたね、お母さん。

お母さん、安心して、気楽に生きて下さい。自然でいいのです。とくに早く死ぬこともない。兄上が多分、私よりは長く生きられて、母上を見送られるでしょうから、あなたは、淡々と兄上の手から、私の手へと支えを移られればいいのです。

今日もまた、暑い日。青い空に、赤や黄の熱帯の観葉植物が映えています。運動場からそのような光景だけが見えます。では又』

それが、団の最後の手紙である。もっと書いたのかも知れないが、少なくとも、私たちの手には届かなかった。私はその手紙の内容と、真野菜々枝との現状を比較する。当っているようでもあり、当っていないようでもある。しかし、おもしろいものであった。或る朝、私は、早々と起きた。五時少し前であった。もっとも、夜はもう完全に明けていた。

私は、団徳松に会ってみよう、と思ったのだった。私は妻を叩き起し、これから保谷にでかける、と言った。

「一日、探偵ごっこをやるさ」

私は言った。

「疲れますよ。学（向野）にさせればいいのよ」

妻は反対のようだった。

「あの男には、そんな閑はないさ」

妻には、男の仕事というものがわかっていない。こういうことは、私のように時間を持てあましているものがやることなのだ。

私は、七時ちょっと過ぎには、もう保谷の駅に着いていた。そして、多少迷ったが、十二、三分後には、もう教えられた向陽荘というアパートの二階の部屋を確かめていた。

それは、このあたりによくある民間アパートだった。二階に上る階段の屋根には、青いビニール・トタンが張ってある。それは昔のトタン板のように、雨の日には、とくに気を滅入らせるような音を立てるわけではないが、何か麻薬的なごまかしを感じさせる建材である。

私は幸福だったのだろう。待つほどもなく（と言っても、十五分くらいはあったが）団徳松の表札の出ているアパートから、一人の男が出て来た。

男は確かにそれらしい年頃であった。痩せて、額が多少禿げ上り、白い開襟シャツにビニールの手提げの鞄を下げていた。つるっ禿の入道の如きデブではなく、彼は痩せてどことなく、カラスか九官鳥を思わせた。彼はむしろ中高な顔をしていた。

私はのろのろと、彼について歩き出した。幸いにも、彼はあまり早くは歩かなかった。私は当然、彼が都心まで出るだろう、と思って切符も考えられる限り遠くまで買ってあったのだが、思いがけず、男は三つ目の駅で降り、駅のすぐ近くの「中央デパート練馬配送センター」という建物の中にすたすたと入って行ってしまった。

幸いにも、店のすぐ前は喫茶店で、「モーニングサービス」という札が出ていたので、私は、ほっとするような思いで、誰一人として客のいない店の内部に腰を下ろした。

朝食は食べていなかったので、私はそこで、真中のほうにだけうっすらと黄色い融けたバターの塗ってあるトーストとコーヒーをもらった。少なくとも、もう少し探偵ごっこに馴れていたら、私はこの店のベレー帽などかぶった絵描き風のおやじに、前の配送センターに勤める人々のことを聞きたかったのだが、私にはどうしても、その勇気はなかった。

私は夕方まで一たん家に帰ることにした。配送センターの車は大体において、六時半くらいまでには帰って来るし、事務所も六時には閉るということだけは、喫茶店で聞き出せたのである。

だらけたように日の長い季節であった。私は、六時には再び、保谷駅の改札口で、団徳松を待っていた。

今度は、私は、たっぷり一時間は待たねばならなかった。彼は朝と同じように、黒い手提げを持っていた。私は気楽だった。彼がどこへ帰るかわかっているのだから、緊張してあとをつける必要はなかった。

しかし、そう思うことが一種の油断だった。家へ帰る道すがら、彼は突然、一軒の家へ入ってしまった。それは下水道・浄化槽工事と書いた小さな店を表に持ち、裏は、昔ながらのこの辺の小地主ではないかと思われるおっとりした庭のついた家であった。庭のほうからは、何匹かの犬がきゃんきゃんきゃんなく声がした。

私は風に吹かれながら待っていた。犬小屋の戸らしいものがばたんばたん鳴る音もした。そして、二、三分後には息せき切って縄をぴんと張った柴犬に、引きずられるようにして例の男が出て来た。私は、もうそれ以上、遅らせなかった。素人は知らんふりをして、人を尾行することなどできるものではない。

「団さんですか」

私は声をかけた。男は、私のほうを斜めになって見た。犬ははやって、古代の戦車を引いている馬のように、前脚を宙に浮かせていた。

「団徳松さんですか?」

「そうです」

「私は、水島という者ですが」

私は相手に疑念を抱かせないために素早く名刺を出した。

「どこかで会ってますかね」

「いや、今日初めて、お訪ねしたんです。実は、私の弟は戦争後マレーで死にまして……」

「水島？　覚えないな」

「マレーに、おられました？」

「いた」

「実は、墓まいりにシンガポールに行って来たんです」

私は言った。

「その時、あなたを知っているという人から、話が出たんです」

団は何も言わなかった。

「こちらがお宅ですか？」

私は団に尋ねた。

「いや、私は、アパート暮しでね、犬は預かってもらってるだけなんだ」

「いい柴犬らしいな」

私は呟いた。

「大したことはないけどね、私らのような貧乏人が飼ってるにしちゃ、いい犬でね」

団は私に疑いも抱いていなければ、どうして自分の所を尋ね出して来たか、不審に思ってもいないらしかった。

「シンガポールへ行かれたことはありますか？　戦後」

「いや、行ってはみたいけどね。シンガポールより、島に行きたいよ。最後の頃はインドネシア領のアル諸島という所にいたからね」

そう言えば、甥の向野がそんなことを言っていた、と私は思い返した。

「シンガポールは、楽しかったですか？」

私は並んで歩きながら尋ねた。

「とくに楽しくもないよ。戦争だったからね」

そこで彼は、私に、やっと尋ねた。

「どうして、私のことがわかったんだね」

「弟は、水島団というんです。あなたは団さんでしょう。二人が同一人物だと混同している人がいたんです」

「水島というのは、覚えていないなあ」

「勿論、覚えていらっしゃるわけはないんです。弟は近衛でしたから」

「近衛のことは知らないね。私は独立歩兵大隊だから」

「犬は何分ぐらい散歩させるんです？」

「まあ、三十分ね。あまり遅くなると、女房がいやがるからね。そうでなくても、犬道楽では文句言われてるんだ」

「そうですか」

「来月、娘が結婚するんだ」

何を思ったか、団徳松は言った。

「そうですか。お子さんはお一人ですか？」

「いや、上の娘も、もう三年前に片附いたんだ。今日は女房が下の娘の結納を買いに行った筈だよ」

「それじゃ、もうご安心ですね」

「どういう訳か、うちは皆、相手の男を自分で見つけて来るんだ。下の娘の相手は競輪場で働いている男でね、どうかと思うんだけど」

「競輪場で働いてたって、別に賭けごとが好きというわけじゃないでしょう」

「当人は、ああいうことをやる人の気が知れないって言ってるけどね」

「それじゃ、いいじゃありませんか」

「式は十月だからね。それ迄は女房も、下の娘のことで頭が一ぱいになってる。だけど、嫁にやっちまうと、犬はやめろ、と言うだろう、と思ってね」

「案外、そうじゃないかも知れませんよ。奥さんも犬がかわいくなるかも知れない」

「お宅さんにも、犬がいるかね」

団徳松は尋ねた。

「うちには、犬どころか、子供もいないんですよ」

「それじゃ、淋しいね」

「シンガポールで死んだ弟は、結婚もしてなかったんです」

「どこで死んだんだね？　ムアルかジョホールかね？」

「いや、戦犯だったんです。チャンギー収容所で刑死したんです」

「そんなこともあったのかね」

そうは言いながら、団徳松は、全く人ごとのように思っているらしかった。

「団さんに伺いたいんですが、シンガポール陥落の前夜、あなたはある中国人の家に行かれませんでしたか？」

「中国人の家？」

「そこには奥さんもいたし、年はよくわからないけど、娘もいた。幼い男の子もいた。そういう家にいらした記憶はありませんか?」

「行ったね、そう言えば。曹長が連れて行った。暗くて、よくわからなかったけど、あれは、シナ人の家だったと思う」

「曹長というのは誰です?」

「青木といったと思う」

「女がいたことは覚えていますか?」

「顔も覚えてないけどね。あれは若気の過ちよ」

「あなたのいう『シナ人』たちが、刺されたのを知りませんか?」

「刺された?」

「そうです。子供が泣いたでしょう」

「知らんね。私はすぐに外へ出たから。砲声が聞えていたよ」

「一家は惨殺されたんです」

「ザンサツ?」

「そうです、殺されたんです」

「知らないねえ。何しろ暗くて、そんなもの見えなかった。場所もよくわからない。女がいたことだけは覚えているけど。あれは確か、シンガポールへ入ってからだと思うけれどね。私は昔から記憶がよくないんだ」

「弟は、その事件のために死んだんですよ」

「何という人だって？」

「水島団です」

「私は知らないね。本当に記憶が悪いんだ。どこで会っているんだろう？」

「会ってはいないと思いますがね」

「じゃあ、知らないわけだ」

「しかしあんたは、中国人の家へ押し入ったでしょ」

「思い出そうとしているよ」

団徳松は、鳥のような眼で、しかし本当に思い出そうと努めているらしかった。

「とにかく暗くて、慌しかったんだ。女がいてねえ。キャッキャ、笑っていたんだと思う。だから私としても、その気になっただけなんだ」

「笑っていたんですか？」

「私も初め、笑っているんじゃなくて、泣いているんだと思った。そしたら笑っていた。なぜだか今でもわからないよ」

「殺されると思って、必死になって笑っていたんじゃありませんか?」

「わからんな。遠い昔の話だ。あの女に聞いてみなきゃな」

突然、私たちは広い畑に出た。辺りにはかなり人家が建てこんできているというのに、頑固者の地主が、そこだけ売り惜しみをしてるとしか思えないような土地だった。そこにはジャガイモが植えられていたと見え、しかも、ごく最近掘りあげられたばかりのようだった。まだ多少緑の残ったジャガイモの茎が、あちこちにちらばっていた。

団徳松は、黒土の畑を、その独特の眼で見つめた。それは、一瞬のうちに、彼が、私の話を忘れて、眼前の現実の世界にきりきりとたち返ったことを示していた。私は少しも気がつかなかったが、その時、畑には二つばかりの掘り残されたジャガイモが、半ば土にまみれて転がっていたのだった。

あたかも馬に一鞭くれるように、団徳松は犬の手綱を振った。そして、勇みたった柴犬と共に畑に躍り込むと、素早くそのジャガイモを拾った。

P+D BOOKS ラインアップ

三匹の蟹	大庭みな子	●愛の倦怠と壊れた〝生〟を描いた衝撃作
アニの夢 私のイノチ	津島佑子	●中上健次の盟友が模索し続けた〝文学の可能性〟
冥府山水図・箱庭	三浦朱門	●〝第三の新人〟三浦朱門の代表的2篇を収録
虚構の家	曽野綾子	●〝家族の断絶〟を鮮やかに描いた筆者の問題作
地を潤すもの	曽野綾子	●刑死した弟の足跡に生と死の意味を問う一作
幼児狩り・蟹	河野多恵子	●芥川賞受賞作「蟹」など初期短篇6作収録

P+D BOOKS ラインアップ

居酒屋兆治　山口　瞳　●高倉健主演映画原作。居酒屋に集う人間愛憎劇

江分利満氏の優雅で華麗な生活　《江分利満氏》ベストセレクション　山口　瞳　●〝昭和サラリーマン〟を描いた名作アンソロジー

血涙十番勝負　山口　瞳　●将棋真剣勝負十番。将棋ファン必読の名著

続　血涙十番勝負　山口　瞳　●将棋真剣勝負十番の続編は何と〝角落ち〟

夢の浮橋　倉橋由美子　●両親たちの夫婦交換遊戯を知った二人は…

城の中の城　倉橋由美子　●シリーズ第2弾は家庭内〝宗教戦争〟がテーマ

P+D BOOKS ラインアップ

P+D BOOKS ラインアップ

虫喰仙次　色川武大　●戦後最後の「無頼派」、色川武大の傑作短篇集

小説 阿佐田哲也　色川武大　●虚実入り交じる「阿佐田哲也」の素顔に迫る

ぼうふら漂遊記　色川武大　●色川ワールド満載「世界の賭場巡り」旅行記

親友　川端康成　●川端文学「幻の少女小説」60年ぶりに復刊！

廻廊にて　辻 邦生　●女流画家の生涯を通じ〝魂の内奥〟の旅を描く

夏の砦　辻 邦生　●北欧で消息を絶った日本人女性の過去とは…

P+D BOOKS ラインアップ

眞晝の海への旅　辻 邦生　●暴風の中、帆船内で起こる恐るべき事件とは

鞍馬天狗 1 鶴見俊輔セレクション 角兵衛獅子　大佛次郎　●〝絶体絶命〟新選組に取り囲まれた鞍馬天狗

鞍馬天狗 2 鶴見俊輔セレクション 地獄の門・宗十郎頭巾　大佛次郎　●鞍馬天狗に同志斬りの嫌疑！ 裏切り者は誰だ！

鞍馬天狗 3 鶴見俊輔セレクション 新東京絵図　大佛次郎　●江戸から東京へ時代に翻弄される人々を描く

鞍馬天狗 4 鶴見俊輔セレクション 雁のたより　大佛次郎　●〝鉄砲鍛冶失踪〟の裏に潜む陰謀を探る天狗

鞍馬天狗 5 鶴見俊輔セレクション 地獄太平記　大佛次郎　●天狗が追う脱獄囚は横浜から神戸へ上海へ

P+D BOOKS ラインアップ

P+D BOOKS ラインアップ

ヘチマくん	遠藤周作	●	太閤秀吉の末裔が巻き込まれた事件とは?
フランスの大学生	遠藤周作	●	仏留学生活を若々しい感受性で描いた処女作品
春の道標	黒井千次	●	筆者が自身になぞって描く傑作〝青春小説〟
裏ヴァージョン	松浦理英子	●	奇抜な形で入り交じる現実世界と小説世界
快楽(上)	武田泰淳	●	若き仏教僧の懊悩を描いた筆者の自伝的巨編
快楽(下)	武田泰淳	●	教団活動と左翼運動の境界に身をおく主人公

（お断り）

本書は１９８０年に講談社より発刊された文庫を底本としております。
あきらかに間違いと思われるものについては訂正いたしましたが、
基本的には底本にしたがっております。
また、底本にある人種・身分・職業・身体等に関する表現で、現在からみれば、
不当、不適切と思われる箇所がありますが、著者に差別的意図のないこと、
時代背景と作品価値とを鑑み、原文のままにしております。

曽野綾子（その あやこ）
1931年（昭和6年）9月17日生まれ。東京都出身。1979年ローマ法王庁よりヴァチカン有功十字勲章を受章。2003年に文化功労者。『老いの才覚』『人間にとって成熟とは何か』など著書多数。

P+D BOOKS

ピー プラス ディー ブックス

P+Dとはペーパーバックとデジタルの略称です。
後世に受け継がれるべき名作でありながら、現在入手困難となっている作品を、
B6判ペーパーバック書籍と電子書籍で、同時かつ同価格にて発売・配信する、
小学館のまったく新しいスタイルのブックレーベルです。

地を潤すもの

2018年6月12日　初版第1刷発行

著者　曽野綾子
発行人　清水芳郎
発行所　株式会社　小学館
〒101-8001
東京都千代田区一ッ橋2-3-1
電話　編集　03-3230-9355
販売　03-5281-3555
印刷所　昭和図書株式会社
製本所　昭和図書株式会社
装丁　おおうちおさむ（ナノナノグラフィックス）

ISBN978-4-09-352339-4

P+D BOOKS